ISLA HUNDIDA

ISLA HUNDIDA

-NOVELA-

DANIEL E. RIVERA-VILLANUEVA

Copyright © 2012 por Daniel E. Rivera-Villanueva.

Daniel E. Rivera-Villanueva, 1958—
Cayo Levantado: ficción/novela/política
Corrección de estilo: Ismenia Espinal

Isla Hundida: ficción/novela/política
Corrección de estilo: Ismenia Espinal
Revisión de la edición: Yuviza Valdez

Número de Control de la Biblioteca del Congreso de EE. UU.:   2012915371
ISBN: Tapa Dura   978-1-4633-3797-1
                 Tapa Blanda   978-1-4633-3796-4
                 Libro Electrónico   978-1-4633-3795-7

Para realizar pedidos de este libro, contacte con:
Palibrio
1663 Liberty Drive
Suite 200
Bloomington, IN 47403
Gratis desde EE. UU. al 877.407.5847
Gratis desde México al 01.800.288.2243
Gratis desde España al 900.866.949
Desde otro país al +1.812.671.9757
Fax: 01.812.355.1576
ventas@palibrio.com
352405

ÍNDICE

A
Juan R.

Cada cuatro años, la Virgen recorre la Isla, sosteniendo un incensario en una mano, un hacho encendido en la otra, y un letrero alrededor del cuello que lee: "Se busca ciudadano de buena voluntad..."

CAPITULO I

SEÑOR PRESIDENTE

La noticia del Golpe de Estado no pasó desapercibida alrededor del mundo. El Jefe del Estado Mayor alemán, Franz Halder, en una doble referencia a Juan Buenavista y al Führer, le comentó al General Erwin Rommel:

—¡Usted ya sabe lo tercos que son los cabos!

Blandeando el miedo y el terror como un arma inexorable, Juan Buenavista se hizo más grande y poderoso que sus conciudadanos, y se proclamó a sí mismo Regente, Soberano y Caudillo.

En los actos públicos, aparecía vestido con uniforme militar de color blanco y con lentes oscuros hasta el día que murió, le encantaban los uniformes, los desfiles militares, las regalías y la galantería militar. Francisco Franco se contaba entre sus admiradores. Sin embargo, sabiendo que los gringos no se amistaban abiertamente con dictadores, a menos que les fueran útiles al Tío Sam, Juan Buenavista ofreció rescatar del exterminio a treinta mil judíos durante la Segunda Guerra Mundial. Al final, menos de una tercera parte del número solicitado llegó, y se establecieron en un paraje remoto al norte de la Isla. En demostración de su agradecimiento, la Casa Blanca le entregó un certificado de reconocimiento.

En una de las muchas propiedades que incautó a uno de sus críticos, Juan Buenavista construyó una casona lujosa. Lo mejor de la tierra fluía ininterrumpidamente hacia la casa de la Primera Familia. Cada año, para el Día de los Reyes, el presidente alquilaba un avión privado para traer de Nueva

York los juguetes de su hijo, Gaetano. En más de una ocasión, en el mismo compartimiento donde venían los juguetes, los gendarmes del presidente trajeron secuestrados a enemigos y a críticos del régimen, para ser torturados y asesinados en prisiones secretas en la Isla.

Para ser justos, se debe reconocer que todos los dictadores hacen también cosas buenas. Por ejemplo, en la *Era de Buenavista*, no había ladrones en el país, porque como decía la gente, *en casa de ladrón, nadie roba*. Además, el presidente estableció el Banco Nacional, construyó el alcantarillado y asfaltó la primera carretera que conectó al interior de la Isla con la ciudad capital. En demostración de su magnanimidad, el presidente enviaba decenas de camiones a repartir leche y pan a las familias más humildes de la capital.

Juan Buenavista creó un estado de dependencia para los pobres, y por otro lado, intimidó a las familias más poderosas del país, y ambos estratos vivían sometidos a su voluntad. Creadas estas condiciones, el presidente se apoderó del tesoro y del alma nacional. Además de incautar las mejores propiedades, las playas, los árboles, las montañas y los ríos, también las muchachas más lindas del país le pertenecían. Pero no todo andaba bien en la casa del Jefe. Su hijo se orinó en la cama hasta los once años. El médico de la familia, el Doctor Asclepios, le dijo secretamente a su madre, doña Herminia, que Gaetano sufría de enuresis porque posiblemente vio a su padre cometer más brutalidades de las que ningún niño debió haber visto. El doctor le suplicó a la Primera Dama que mantuviera su conversación entre ellos dos.

El día que Gaetano cumplió doce años de edad, mientras los invitados se divertían en su fiesta, miembros de la policía secreta trajeron a un teniente ante el presidente, acusado de insubordinación. El presidente envió al padrino de Gaetano, el General Arismendi Fijo, a buscar al cumpleañero. Intimidado por la severidad de su padre, Gaetano juntó las manos mientras Juan le ordenaba que tomara su fusta y castigara con ella al teniente, pero el niño empezó a temblar y mojó sus pantalones. Enfurecido, el presidente le pegó varias veces a su hijo. Inmovilizada por el miedo, doña Herminia observaba de lejos.

—Siempre fue cariñoso con él desde que era niño, pero de la noche a la mañana y sin explicación, su actitud hacia nuestro hijo cambió—se quejó doña Herminia con Celeste, la esposa de Pedro Nolasco, el licenciado que escribía los discursos al presidente, y Mercedes Fijo, la esposa del General Arismendi.

Juan Buenavista despidió bruscamente a Gaetano. Arismendi lo encaminó hasta la mesa donde estaba sentada su madre y su esposa, y casi en un susurro, le sugirió a doña Herminia que consultara con el doctor.

Extendiendo su mano hacia el general, doña Herminia le dijo:

—Hoy mismo, el Doctor Asclepios me dijo lo que pensaba.

Cuando el General Arismendi se retiró de la mesa, para regresar al lado del presidente, Celeste le dijo con su mirada a Herminia: *cuidado, las paredes tienen oídos.*

Aníbal, hijo de Celeste y Pedro Nolasco, y Ramón, hijo de Mercedes y Arismendi, eran los amigos más cercanos de Gaetano. No fue hasta después de la fiesta que ellos se enteraron de lo que le sucedió a Gaetano esa tarde.

Al día siguiente de la fiesta, el dictador se enteró de la conversación que el Doctor Asclepios había tenido con su esposa, lo que ocasionó que lo despidiera, ordenándole que fuera a ejercer su práctica médica a La Ciénaga, uno de los barrios más paupérrimos de la parte alta de la capital.

Ramón, Aníbal y Gaetano eran compañeros de estudios primarios, y habían desarrollado una amistad tan íntima que se trataban como hermanos. En varias ocasiones, el mismo presidente los invitó para que lo acompañaran a algunos de sus actos oficiales. En una de esas ocasiones, los tres asistieron a la ceremonia de inauguración de uno de los caseríos públicos en Gualey. Cuando la escolta de vehículos emprendió la marcha de regreso al Palacio Presidencial, empezó a llover. Unos niños salieron desnudos, y empezaron a cantar:

—Que llueva, que llueva, la Virgen de la Cueva.

Ramón y Aníbal se vieron a los ojos, diciéndose con sus miradas que les hubiera gustado bajar del auto, y danzar libres, desnudos, como esos niños del caserío. Los hijos de los pobres jugaban con carritos hechos de palitos y avioncitos de papel, pero aún así se veían felices y en su inocencia y desnudez, se reían a carcajadas. Gaetano los miró de reojo y se sonrojó, recordando lo que Ramón y Aníbal le contaron un día, que durante mucho tiempo, ambos entretuvieron la fantasía romántica de que sus verdaderos padres eran pobres, y que un día iban a venir a buscarlos.

Se supone que Gaetano, por ser hijo del presidente, se sintiera privilegiado, y lo era, pero era sólo en lo material. Hay dictadores que son magnánimos con sus propios hijos, pero Juan Buenavista era un terror, fuera y dentro de su casa.

Pasó el tiempo y los muchachos crecieron. Con ellos envejeció la inocencia, y una generación menos tolerante a la tiranía surgió en su lugar.

Ramón llegó a formar parte de la Facultad de Derecho de la universidad, y se casó con la hija del embajador de Francia. Aníbal se fue al extranjero a estudiar ingeniería.

Pero Juan Buenavista, un cabo del ejército que nunca entendió el valor de una educación formal, no le permitió a Gaetano continuar sus estudios, sino que lo hizo su asistente personal.

Ramón y Aníbal mantuvieron su amistad con Gaetano. En conversaciones privadas, Gaetano se quejaba, diciéndoles que le hubiera gustado salir del cerco abusivo de su padre, y que hubiera preferido ser hijo de uno de los capataces.

El presidente le dio lo mejor a su hijo, pero Gaetano no podía ejercitar lo único que era verdaderamente suyo: la libertad de escoger por sí mismo. Cuando sus padres se enteraron que estaba enamorado de María, la hija del Sargento Mayor de la Marina, fue el presidente el que escogió el lugar de la boda, a los invitados y el lugar donde vivirían, una casa al lado de la de ellos.

Fue el mismo presidente, también, quien nombró a María Asistente Administrativa de su esposa, doña Herminia. Cada vez que María entraba al dormitorio de su suegra, se quitaba los zapatos. Doña Herminia había dado órdenes que las mucamas que entraran a arreglar y a limpiar su dormitorio, evitaran de todas formas manchar la alfombra blanca de pelo de alpaca que cubría el piso. Cuando la Primera Dama veía entrar a María a su dormitorio descalza, le decía que ella no tenía que hacerlo. Pero María se quitaba los zapatos de todas maneras.

Después de haber completado sus estudios universitarios, Aníbal visitó al presidente en el Palacio Nacional. Juan Buenavista intentó convencerlo para que se uniera a un proyecto de ingeniería social, cuyo fin era *blanquear* la raza mestiza de la Isla.

—Ulises fue la última excepción—le dijo Juan Buenavista, refiriéndose al presidente de ascendencia haitiana, apodado Lilís.

Aníbal rechazó la propuesta, diciéndole francamente que no contara con su apoyo. En ese mismo momento, un subalterno le trajo una noticia desagradable al presidente: habían hallado el cuerpo de un joven de veintidós años de edad, en Palenque, aparentemente asesinado por gendarmes del gobierno. La víctima resultó ser uno de los mejores amigos de Aníbal, con el que siempre iba a los parques a jugar beisbol.

En un acto abierto de desafío a la autoridad del presidente, Aníbal se unió a los que llevaron el cuerpo del joven por la calle principal de la ciudad, en una marcha silenciosa y pacífica, hasta el Cementerio Nacional. El gesto del mejor amigo del hijo del presidente llegó eventualmente a convertirse en la señal que dio comienzo al movimiento popular de liberación.

—¡Aníbal entre los dolientes!—decía la gente.

Ese mismo día, un grupo de mujeres cuyos hijos e hijas habían sido víctimas de abusos y encarcelamientos sin causa, marcharon por la ciudad, demandando justicia. Al salir del cementerio, el cortejo fúnebre se unió al de protestantes, y marcharon juntos por la calle principal. Aníbal iba en medio de la multitud de madres vestidas de luto. Era Día de las Mercedes. Años después, el refrán, *Aníbal nació en el seno de su pueblo*, se identificó con el Día de las Mercedes y con el movimiento de la Independencia de la tiranía.

Aníbal logró convencer a Ramón para que se uniera a las protestas, éste a su vez convenció a Gaetano. El hijo del presidente aceptó unirse al movimiento popular que luego se llamó Virgen del Hacho. Los marchistas, con Aníbal al frente, hacían sus protestas usualmente de noche, cargando hachos encendidos por las calles. Con el fin de mantener la apariencia de lealtad a su padre, Gaetano no tomaba parte activa en las marchas. Nadie se podía explicar por qué el dictador no tomaba represalias contra Ramón y Aníbal, excepto porque eran hijos de dos de sus asistentes más cercanos, uno civil y el otro militar.

—Son protestas de muchachos cabezas calientes—les decía el dictador a sus asistentes.

Con la orden de que ninguno levantara un dedo contra Aníbal y Ramón, el dictador había subestimado la masa crítica que giraba con fuerza imparable debajo de la superficie. Al cabo de un año, después de estudiar cuidadosamente sus alternativas, los enemigos del régimen decidieron, secretamente, que el presidente debía ser removido por la fuerza. Gaetano estaba consciente que *remover* al presidente significaba asesinarlo, si fuera necesario.

El alba estaba a punto de despertar, cuando Gaetano entró a la habitación donde María dormitaba. El susurro controlado de Gaetano y de sus dos amigos la había mantenido despierta hasta altas horas de la madrugada. Juan Buenavista no se había enterado de la reunión de los complotadores en la casa de Gaetano.

—María, empácame unas cuantas cositas que como tú bien has escuchado, este mismo día, al salir el sol, será de libertad o muerte. Hoy es día de liberación—dijo Gaetano.

—¿Cómo es posible que tres personas liberen a todo el pueblo?—le preguntó María.

—No somos tres Mariíta; el movimiento está compuesto de cientos, pero cada uno conoce sólo a tres de los participantes. Si algo sale mal, y alguno es forzado a revelar lo que sabe, serían sólo tres los perjudicados. Es un pacto secreto—le contestó Gaetano.

—La verdad es que no entiendo. ¿A qué pacto te refieres?—preguntó María.

Ramón y Aníbal tampoco le habían revelado el plan a sus respectivas esposas, sólo que algo importante se avecinaba, y les advirtieron que *por si las moscas*, estuvieran preparadas para correr a esconderse en casa de familiares y amistades.

—Sueños de tontos—murmuró María, quedándose finalmente dormida.

Los pétalos dorados del sol se podían entrever en la distancia cuando Juan Buenavista abrió la puerta de la parte inferior de la casa. Era un día de refrigerio, sin choferes, guardaespaldas ni séquito militar siguiendo al dictador. De todas maneras, Herminia se había asegurado que la camisa y los pantalones de su esposo estuvieran bien planchados desde la noche anterior. De regreso, el presidente tenía que pasar por la base aérea, para atender un asunto oficial.

—Vamos Gaetano, a ver lo que nos depara el camino—le dijo Juan a su hijo. Iban a dar una vuelta, a inspeccionar la finca cerca de la cementera, pasando Río Dulce, en las afueras de la ciudad. Gaetano fingió una sonrisa.

—Buenos días, Señor Presidente—le dijo Gaetano.

En la distancia, subiendo por la carreterita de tierra paralela al río, la luz tenue del sol delineaba las llantas traseras del camión. Gaetano apretaba nerviosamente el timón.

Al medio día, todavía iban de camino, porque el presidente le había ordenado a Gaetano detenerse en varios lugares. Uno de ellos fue el hogar de Candelario (Chucho) Centeno, propietario de la primera fábrica de calderos de aluminio en Río Dulce. Sorprendidos por la inesperada visita del presidente y de su hijo, los vecinos cercanos se juntaron y les trajeron comida y café.

—¿Hacia dónde se encamina el presidente?—preguntó unos de los vecinos.

—Voy a inspeccionar una finca—le contestó el presidente.

La finca, localizada entre la Cementera y el paraje La Posita, cerca del Río Isabela, era una tierra rica en minerales, sembrada de legumbres, habichuelas, yuca de cascara negra y batatas, de las que al hornearlas supuran dulce como la miel a través de las rajaduras en la piel. Una parte de la finca estaba sembrada de plátanos y guineos. Agradecido por su ascenso de sargento a teniente, un subalterno se la regaló a su comandante, el Coronel Santiago, el coronel se la regaló al Teniente General Arismendi Fijo, y éste se la dio como regalo de cumpleaños a Gaetano. Hacía sólo tres días que el presidente había recibido la finca como regalo de parte de un ciudadano agradecido, el cual solicitó enfáticamente que su identidad se mantuviera en el anonimato.

Todo era parte del plan.

—Mi hija menor está estudiando en estos momentos, pero me gustaría presentársela, Señor Presidente. Es la más inteligente de mis ocho hijos—le dijo Chucho.

—¿Cuál es el interés académico de su hija?—le preguntó el presidente.

—Ella quiere ser abogada—le contestó el calderero.

—La Facultad de Derecho sólo recibe a varones, pero estoy seguro que podemos hacer una excepción—le dijo el presidente. Gaetano tomaba notas.

—Me gustaría conocer a la muchacha, pero lamentablemente, de regreso debemos tomar la ruta que nos conducirá a la base aérea. Esta tarde nos estará visitando el señor Charles Lindbergh—le dijo el presidente.

—¿Y quién es Charles Lindbergh?—preguntó una de las vecinas.

—¿No sabe usted quién es el señor Lindbergh? Fue el primer hombre que cruzó el Océano pilotando un avión—intervino Carlos, el hijo menor de Chucho.

—¡Oh! Y yo que pensaba que el océano se cruzaba sólo en yolas—intervino la vecina desde la puerta, haciéndose la señal de la cruz.

El presidente se acercó a Carlos, y le preguntó qué le gustaría ser cuando terminara sus estudios.

—Senador. Me gustaría ser senador—le respondió el muchacho.

Todos estaban sorprendidos de ver al presidente, sin séquito militar detrás o delante de él. Juan Buenavista se sentó a tomar café, a comer casabe, acompañado de aguacate, sal, limón y chicharrón de cerdo. Uno de los vecinos sacó su acordeón y empezó a tocar, y cantó una canción improvisada.

Seguiré a caballo...
Charlie vuela como una chichigua
Pero en lo que eso se averigua
Yo seguiré montao a caballo
Nadie me podrá tumbar
Ni quitar las riendas del animal
Seguiré a caballo...

La docena de vecinos que se había juntado los despidió con vítores y gritos de aclamación. Juan y Gaetano emprendieron la marcha. La última casa en el camino era la mansión de don Pedro Nolasco. Se detuvieron ahí unos minutos.

—Señor Presidente, ésta es una agradable sorpresa. Pero, si me hubiera avisado que iba a venir, hubiera preparado algo para usted. ¡Celeste! Ven, hija, prepara aunque sea café para el presidente—le dijo Pedro a su esposa. Celeste ordenó a una sirvienta a encender de prisa la estufa, y que empezara a preparar algo de comer. Pero Juan Buenavista los detuvo.

—Muchas gracias, pero debemos continuar.

Pedro se sonrojó, mientras los despedía en la puerta. El presidente y Gaetano subieron al vehículo. Unos quince minutos después de reiniciar la marcha, Gaetano dijo:

—Voy a orillar el camión porque tengo ganas de orinar.

—¿Orinar? ¿Por qué no pediste permiso para usar el baño en la casa de Pedro? Yo me levanto hasta tres veces en las noches. Anda, antes que mojes los pantalones, como cuando eras niño—le ordenó el padre.

Gaetano detuvo la marcha del camión. Juan salió a fumarse un puro finísimo fabricado en Puerto Plata. El olor del tabaco se mezcló con el aire húmedo de la tarde.

Cuando Gaetano terminó, se agachó para tomar de un brote de agua cristalina que salía de la orilla del camino; el brote había creado un pequeño riachuelo adornado de pastos a ambos lados. El nacimiento de agua alimentaba el río. La noche anterior había llovido mucho, creando grandes islotes verdes de algas que se precipitaban al mar. En la distancia, la desembocadura del río al Mar Caribe se veía color café con leche.

Cuando Gaetano se alistó para regresar al camión, de entre los matorrales salió una serpiente de más de dos metros de largo. Al verla, brincó y se echó a un lado. Juan vio venir a la serpiente, y cuando trató de esquivarla, tropezó y cayó de espaldas en el pasto mojado. Enojado al ver su uniforme manchado de lodo, sacó su chicote y le pegó a su hijo entre las costillas. El instinto de venganza quiso dominar a Gaetano, pero se acordó del plan del Día de las Mercedes.

—Padre, ¿por qué me pegas, si todo lo que he hecho hasta el día de hoy es servirte?

—Con este uniforme manchado de lodo no podré ir directamente a la base aérea a recibir al señor Lindbergh—protestó Juan.

Momentos después, ambos subieron al camión y antes de emprender la marcha de nuevo, el padre, sin notar que había sido la primera vez en su vida de adulto que su hijo lo había llamado *padre*, levantó la fusta con intención de pegarle una segunda vez. El intento del hijo de suavizar el destino desastroso que se avecinaba no le bastó. La diestra del hijo y la potestad del padre se encontraron en el aire, y se enfrascaron en una lucha en el confinado espacio de la cabina del camión.

La puerta del pasajero se abrió de repente, y Juan salió disparado como un resorte, cayendo de espaldas en medio del camino. Ruido, como las lluvias de un fuerte aguacero al final de las calendas de un verano seco y caluroso, se escuchó en la distancia. Eran los compañeros de Gaetano que se acercaban.

La serpiente estaba erguida, apoyando el peso de su cuerpo sobre su cola en el suelo, contoneándose de un lado a otro. Juan Buenavista intentó levantarse lentamente, mientras la sangre fría lo miraba fijamente a los ojos. Cuando apoyó sus manos en el suelo para levantarse, sus fuerzas lo abandonaron. Para entonces, el veneno mortal le corría por sus venas. La cabeza de la serpiente se transfiguró, pareciéndose al rostro de una linda niña, de muchas niñas inocentes. Al dictador le pareció que la niña le guiñó un ojo.

—¡Jesús Santísimo! ¿Qué es esto? ¿Que veo?

Cuando el Hijo no le respondió, acudió a su Madre:

—Virgencita, reprende el poder de las tinieblas—le rogó Juan. En ese momento, la Virgen de la Altagracia se apareció, flanqueada por dos canes, vestida de ropas resplandecientes, parada en medio del camino, sosteniendo un incensario en su mano derecha.

—No es la puesta del sol aún, ¿para qué me has llamado?—le preguntó la Virgen.

—Ayúdame—le suplicó Juan.

—No te resistas. Acepta el beso de los labios carnosos de la adolescente que está frente a ti. Yo no quité el cerrojo cuando las niñas, a quienes mancillaste violentamente, tocaban desesperadas a media noche, suplicando escapar de tus bestialidades. Disfruta ahora de su abrazo eterno—le dijo la Virgen.

En ese momento, la Patrona tomó ceniza de su incensario y se la echó en los ojos al presidente, provocándole ceguera. Para entonces, el efecto del veneno de la serpiente y la ceniza no le permitieron ver la ola asesina que se avecinaba.

Entendiendo francamente que su hijo era un traidor, Juan Buenavista logró ponerse en pie y desenvainó su machete. El filo del acero reflejó la luz del sol. Mientras Gaetano intentaba cubrirse los ojos para no quedar ciego por el reflejo de la luz, Juan Buenavista se acercó para herirlo de muerte, pero la Virgen le concedió a sus dos canes la facultad de hablar con voz humana.

—Santa María, Madre de Dios—empezó a rezar el perro de la derecha, imitando la voz de Gaetano. Juan se dirigió hacia la voz, alejándolo de donde estaba Gaetano.

—Asno soberbio—le gritó Juan a Gaetano, lanzándole toda clase de insultos.

—No. ¡Hijo beato!—dijo el perro de la izquierda.

La Virgen, parada aún en medio del camino, como Palas Atenea, lista a participar en la lucha al lado de los oprimidos, recordó que su propio Hijo le había prohibido inmiscuirse activamente en los asuntos de los seres humanos.

—Recuerda, Madre, los dioses no se inmiscuyen en los asuntos de los mortales—le recordaba el Hijo cada vez que su

Madre le suplicaba que le permitiera responder a las súplicas de los oprimidos.

—Cuando venga a ellos mi reino, Madre, cuando venga a ellos mi reino—era siempre la respuesta del Hijo.

Sin embargo, la Virgen estaba segura que su Hijo le perdonaría haberle aflojado unas cuantas tuercas a las ruedas de la historia, causándole ceguera al dictador.

Para entonces, los sudorosos amigos de Gaetano estaban listos para cumplir con la misión antes acordada. El sabor a hierro de su propia sangre en la boca, y el alboroto de los golpes contra el suelo del cortejo asesino, llenó de pánico el corazón abusivo de Juan Buenavista.

—Maldito Gaetano—dijo Juan, logrando herir a su hijo en el ojo derecho, mientras su alma descendía al *maniel* donde Núñez, Bobadilla, el Teniente Tatico y Lilís, recostados del pecho de Trujillo, lo esperaban.

—Maldito burro—volvió a decir Juan con rabia, parado en el penúltimo peldaño de la escalera de la Muerte.

—No. Maldito Juan Buenavista. Beato Gaetano—entonó el can de la derecha.

Cuando el presidente se preparaba para propinarle el último golpe a Gaetano, perdió el balance, y cayó al suelo por última vez. Ramón tomó una pala de la parte de atrás del camión, y le pegó en la cabeza, triturándole el cráneo. Al final, el dictador era una mezcla de ropa de color kaki, pedazos de cerebro y lodo, dispersados sobre la yerba y el camino. La sangre de ambos, padre e hijo, se mezcló en un bautismo de tragedia.

Los canes de la Virgen corrieron hacia Gaetano, con la intención de lamerle sus heridas, pero cuando se acercaron, Gaetano los pateó en la boca. La Virgen frunció el ceño. Una señal de mal augurio. Ninguno podía ver a la Virgen ni a los perros, sólo Gaetano. Algunos de los amigos de Aníbal contaron después, recordando los hechos de ese día, que les pareció haber escuchado ladridos, como cuando los perros le ladran a los que caminan en la sombra de los callejones del barrio.

—Perdone, virgencita, pensé que me iban a hacer daño—le dijo Gaetano.

—No te iban a lastimar—le aseguró la Virgen, desapareciendo de su vista.

Aníbal se adelantó y corrió al centro del pueblo, cargando el hacho encendido que acostumbraba llevar durante las marchas de protestas, para anunciar el nuevo amanecer político de la nación.

Todos los habitantes, niños y adultos, hombres y mujeres, salieron de sus casas a esa hora de la noche, sin temor al Toque de Queda, a celebrar la victoria de liberación. Con apretones de manos, mirándose al rostro se decían:

—Somos libres. En verdad somos libres.

El Doctor Asclepios trituró unas semillas de amapola, y las aplicó a las heridas de Gaetano. Mientras Aníbal arengaba a la multitud que se había reunido en la plaza, los demás complotadores llevaron a Gaetano cargado sobre sus hombros, mientras proclamaban de voz en cuello:

—Señor Presidente. Señor Presidente.

Cuando Gaetano llegó a la plaza, el pueblo lo recibió con vítores de alegría.

—En lugar de un hacho encendido, llevamos la luz de la verdad en el corazón—dijo Gaetano a la multitud.

Aníbal entendió que era tiempo de entregarle al hijo del difunto presidente la antorcha del liderazgo principal del pueblo, y se replegó al grupo de líderes que estaba detrás de Gaetano. Por lo avanzado de la hora, Gaetano envió a todos a sus casas.

A partir de esa misma noche, las cosas empezaron a tomar un rumbo diferente al que Aníbal y Ramón se habían imaginado. Para empeorar las cosas, debido a que nadie vio el cadáver de Juan Buenavista, algunos en el pueblo especularon que Gaetano había inventado la historia de la muerte de su padre para heredar el manto presidencial. La especulación se volvió una teoría de conspiración, en la que se decía que Juan Buenavista abordó un avión a media noche y se fue a vivir a otro país

Los críticos no se dejaron esperar, diciendo que si el presidente estuviera vivo, aunque ciego, hubiera seguido encumbrado en el poder. Si era verdad que estaba muerto,

¿por qué la Primera Dama apenas lloró en el velorio? ¿Por qué doña Herminia no asistió al entierro? ¿Por qué abordó un avión al día siguiente de la muerte de su esposo, rumbo a un país desconocido? En lo que todos estuvieron de acuerdo es que a doña Herminia no se le permitió sacar ni una peineta del país.

El mismo día que doña Herminia salió hacia el extranjero, la Secretaría del Ejército anunció que el Teniente General Arismendi Fijo había muerto trágicamente en un accidente automovilístico. A la muerte del general, les siguieron las del Coronel Santiago, y otras dieciséis personas, todas relacionadas al donador anónimo de la finca que el dictador había recibido como regalo, tres días antes de morir.

Al cabo de los seis meses de la muerte de Juan Buenavista, cada barrio organizó elecciones y eligió representantes, y se constituyó la Primera Cámara de Diputados. En uno de sus primeros actos, la Cámara de Diputados aprobó una resolución sugerida por el arzobispo, en la que se le concedía a Gaetano el título de *Padre de la Patria*. Además, en esa reunión constitutiva, se resolvió que el naciente estado-nación sería el protector y guardián de los intereses de sus habitantes, de modo que toda solidaridad, pacto o acuerdo entre la Isla y otros pueblos, sería garantizada en base a la sagrada soberanía colectiva. El interés de un ciudadano no pondría en peligro el interés común, mientras que el interés común no atropellaría injustamente el de los individuos.

El 16 de agosto, los ciudadanos se dieron cita frente a la urna que sirve de Altar de la Patria, y Gaetano fue elegido Presidente de la República. El ayuntamiento se reorganizó, el primero en la capital, y se formó el primer cuerpo de la Policía Municipal, y el primer Cuerpo de Bomberos. Por su parte, la Cámara de Diputados estableció tres comisiones permanentes: la Comisión Judicial, la Comisión Constitucional y la Junta Central Electoral, cada una con poderes autónomos. Dichas comisiones nombrarían jueces de circuito y regionales, implementarían leyes, y certificarían las elecciones. Todos los nombramientos de jueces serían certificados por la Comisión Judicial, y confirmados y juramentados por la Cámara de Diputados.

La democracia era un experimento nuevo. El día de la ceremonia de la toma de poder, Gaetano juró obediencia a la Constitución, gobernar a la par con la Cámara de Diputados, y respetar el sistema democrático de elecciones libres y democráticas: un ciudadano, un voto, una vez.

En uno de sus primeros actos, el presidente sometió a la Cámara de Diputados un proyecto de ley, en el que propuso establecer la primera academia de alfabetización en el país. Con la excepción de Gaetano, el Arzobispo Isidro Rodríguez y de un puñado de ciudadanos, la población era analfabeta. El proyecto de alfabetización, aceptado rotundamente por la Cámara de Diputados, requería que los aspirantes a cualquier puesto público deberían al menos saber leer y escribir, firmar sus nombres en castellano, y tener nombres de pila.

Seis meses después, a la media noche del día cuando la ley entró en efecto, Heracles, medio hermano de Gaetano, hijo ilegítimo de Juan Buenavista, colocó guardias en la entrada del edificio del Congreso. Ninguno de los diputados sabía leer ni escribir. Heracles ordenó que se les prohibiera la entrada a la sala del Congreso, por estar, en efecto, en desacato a la ley.

Los diputados se vieron obligados a renunciar a sus puestos. Algunos protestaron, en vano claro está, diciendo que la Constitución prohibía a la presidencia asumir la regencia de ambas cámaras. Pero la Corte Suprema declaró que como el país estaba en estado de emergencia, la Constitución le concedía al presidente el derecho de suspender temporalmente la Constitución.

Sin darse cuenta, al aprobar el proyecto de ley que les exigía saber leer y escribir, los diputados le concedieron, aunque de forma *pro-tem*, poderes unicamerales al presidente. Al día siguiente, Gaetano se amparó en la Constitución, y anunció la renuncia de los diputados como una medida de emergencia nacional. Los diputados no tuvieron otra alternativa que desfilar a inscribirse para las clases de alfabetización.

El país entró en su primera crisis constitucional; nadie sabía qué hacer. La incertidumbre y la manipulación maquiavélica eran palpables como la neblina de ese lunes en la mañana.

Para sorpresa de todos, el mismo Heracles, recientemente nombrado Comandante de Seguridad Nacional por Gaetano, estaba parado en la entrada de la academia, sosteniendo un papel con los nombres de los diputados, y el que no supo firmar su nombre de pila, en castellano, no fue admitido como estudiante.

Poco a poco, la historia de liberación se volvió una tragicomedia. En la parte trágica todos lloraban, y en la cómica también. La mayoría de los diputados regresó a la dura tarea de trabajar la tierra en el campo, mientras que un reducido grupo fue empleado por el ayuntamiento, limpiando las calles del centro de la ciudad. Fue un día de infamia, ver a los diputados intentando recoger gabazos de caña y cáscaras de mango con palas de palitos en la avenida Duarte.

Doña María, la Primera Dama, empezó a aparecer en público vistiendo los trajes y los zapatos de doña Herminia.

Un cantante popular de nombre Leonardo compuso una canción a ritmo de bachata, y la tituló "¡Ay!, si la vieran".

¡Ay!, si la vieran...
Una criatura nacida en Faría
Trabajando descalza
De noche y de día
¡Ay!, si la vieraaan.

Por su descarado insulto, el cantante fue enviado a la prisión La Victoria, y el presidente ordenó que guardias fueran por los bares, prostíbulos, y colmados de los barrios, a remover el disco de Leonardo de las belloneras. Al poco tiempo, Gaetano nombró a su esposa Defensora de los Pobres y Desvalidos, un nombramiento con una Cartera *llena de dinero*.

Durante una manifestación llevada a cabo en la cabecera del puente, Aníbal y Ramón denunciaron públicamente la política bochornosa del gobierno de Gaetano. Entre los simpatizantes, había agentes de seguridad del Estado, gendarmes al servicio de Heracles. Algunos en la audiencia hablaron abiertamente de la Era de Buenavista con añoranza.

En el Palacio Presidencial, Gaetano seguía, paso a paso, los detalles de la demostración organizada por Aníbal y Ramón. Al parecer, la situación se le estaba saliendo de las manos al presidente. Esa misma tarde, Gaetano se comunicó con el arzobispo, buscando consejo y apoyo, una táctica que su padre había empleado con éxito.

Isidro Rodríguez, al que todos se referían como el *Chicote* de Dios, le dio la bienvenida al presidente durante la celebración de la misa especial de Domingo de Resurrección. A la misa le seguía una ceremonia de ordenación de un grupo de candidatos recién graduados de la Universidad Madre y Maestra. La Catedral estaba repleta de personajes importantes del país. En su homilía, el arzobispo comparó a la nueva era en el país con la llegada de la Nueva Jerusalén.

—Y vi descender del cielo de Dios, a la gran ciudad, ataviada como una novia. *Ecce tabernacvlvm Dei cvm hominibvs*—proclamó Isidro Rodríguez con voz entrecortada por la emoción. Al escuchar al arzobispo hablar en lenguas, la audiencia se puso en pie, y aplaudió efusivamente durante un largo tiempo.

Mientras la audiencia aplaudía, Gaetano subió al Altar Mayor, ataviado con una franja azul, blanca y roja alrededor del pecho. El lapislázuli y el rojo carmesí del pectoral presidencial, dividido por la franja blanca, centellaban bajo el rayo de luz que penetraba por la ventana lateral de la Catedral. Ninguno estaba autorizado a subir al Altar Mayor, excepto el arzobispo, el Cardenal, el Sumo Pontífice y Jesucristo.

Según la Iglesia, a Gaetano le correspondía subir por ser el Padre de la Patria.

—Conciudadanos, como pueden ver, la historia ha llegado a nosotros en un círculo completo: la mano del Todopoderoso escogió a los humildes para avergonzar a los poderosos, abusivos y opresores. Hoy, se cumple su soberana voluntad. El día que nació su servidor, la Estrella del Norte brilló sobre esta tierra bendita, y hoy, el cielo nos ha bañado con la lluvia de su bendición, dándoles a ustedes un pastor que los hará descansar junto a aguas de progreso—dijo Gaetano en su discurso.

Unos cuantos en la audiencia reconocieron en el discurso del presidente la mano de Pedro Nolasco, el granuja que le escribía los discursos a Juan Buenavista, interpretando la elección de su hijo en términos de una teología de sucesión. El Hijo era ahora el Padre, la Iglesia la esposa, y el pueblo los hijos. Gaetano reclamó como derecho de nacimiento ser el pastor de su pueblo, elegido para gobernar, destinado para cumplir la voluntad de Dios.

La audiencia se puso en pie varias veces, interrumpiendo con fuertes aplausos, mientras Gaetano, con el rostro transfigurado como el de Cristo, se dirigía a ellos fervorosamente.

—Es con humilde disposición de corazón que reconozco mi deber de servir al bien común—dijo finalmente Gaetano.

Al final de la misa, descendieron del Altar Mayor, seguidos del séquito de seminaristas. Bajaron por una escalera, y se colocaron en semicírculo en el centro de una habitación secreta, directamente debajo del Altar Mayor.

Los seminaristas se arrodillaron, y después que el arzobispo los ungió con aceite y les impuso las manos, se pusieron de pie, y siguiendo instrucciones, colocaron sus manos sobre el *Opus Dominicus*, y juraron lealtad al Papa, a Dios y al Estado.

Una nota inserta en el documento, cita detalladamente los beneficios económicos que la Iglesia recibiría del Estado, si ésta reconocía su soberanía. Por su parte, la Iglesia juró no intervenir en los asuntos políticos de la nación, excepto que en la ceremonia de cada nuevo presidente, el arzobispo, o su representante, tenía que estar presente para que su elección fuera reconocida como uno de los misterios que atan el cielo con la Isla. "Y todo lo que ates en el Cielo, será atado en la tierra y todo lo ates en la tierra, será atado en el Cielo," lee la última cita del Pacto.

La mayoría de los ciudadanos aceptó la idea que el gobierno de Gaetano era la extensión del Reino de los Cielos en la tierra. Una minoría, entre ellos Aníbal y Ramón, pasaron a ser herejes, marginados, individuos con ideas políticas peligrosas para el Estado.

No mucho tiempo después, el presidente nombró a Heracles Jefe de Seguridad del Estado. En los actos públicos, aparecía a mano derecha y a unos cuantos pasos detrás de Gaetano, vistiendo un uniforme de Coronel y con lentos oscuros.

Los uniformes militares les causaban terror a la población civil, pues les recordaban los días de Juan Buenavista, cuando las conversaciones, aún las de carácter inofensivas y personales, se hacían en un susurro. Todos tenían miedo a ser delatados o malinterpretados.

La amistad de Ramón, Aníbal y Gaetano terminó en una enemistad irreconciliable. Dos miembros de las fuerzas de seguridad llegaron a la casa de Ramón un día, con órdenes firmadas por Heracles, para allanar su casa; supuestamente, Ramón tenía literatura subversiva escondida en su casa.

—Lo sentimos mucho, pero estamos obedeciendo órdenes—le dijo el sargento.

—Ustedes no tienen que obedecer órdenes injustas—protestó Ramón.

—No es nuestro privilegio distinguir entre una orden y lo que es justo—lo interrumpió uno de los guardias, siguiendo con el allanamiento.

Ramón se quedó parado en el centro de la sala, sin hacer movimientos bruscos. El sargento sacó un documento de una gaveta en el que se describía con detalles el secuestro de Alberto.

Cuando el sargento colocó el documento de nuevo en la gaveta, sin decir una palabra, Ramón entendió que éste no sabía leer. Finalmente, los sabuesos se marcharon y reportaron a sus superiores que no habían hallado nada sospechoso.

Gaetano sabía que la mitad del pueblo respetaba a Ramón y a Aníbal, más que a él mismo, y pudo entender por qué su padre no se atrevió a hacerles daño. Además, el presidente temía perder el apoyo de los militares. Por esa razón, nombró a uno Director de Planificación Urbana, y al otro, Presidente General de Correos, dos nombramientos civiles de menor autoridad. Aunque Gaetano no intervenía directamente en los asuntos internos de sus puestos, se aseguró que Heracles enviara de vez en cuando guardias para que vigilaran y reportaran los movimientos de ellos, y las de sus asociados.

La esposa de Ramón le decía que protestara el abuso de poder, pero ¿a quién podían acudir con una querella del acoso del cual eran víctimas?

Aníbal y Ramón, sabiendo que tanto ellos como sus familiares eran constantemente vigilados, comunicaron a sus allegados los detalles del secuestro de Alberto, utilizando claves.

—La Madona y el Niño Dios se pasean por la sombrita de la Vía Dolorosa, a la hora sexta (*El secuestro se llevará a cabo el viernes, a las tres de la tarde, cuando la madre y el hijo salen al Malecón a comer helados Manresa*)—le indicó Ramón.

—No, a la hora novena del día de Reposo, el cerdo y el asno se echarán juntos, y el niño los pastoreará (*No siempre es la madre la que saca al niño a comer helados, a veces es Heracles, seguido de algún guardaespaldas, los viernes, no los sábados*)—le contestó Aníbal.

—E nomini Padre, E Fill, Spiritu Sancti (*Los secuestraremos a los tres*)—sugirió Ramón.

—No. Invinumvs messiam quo decitur Christus (*No. Sólo al niño*)—le respondió Aníbal.

El planeado secuestro no se llevó a cabo ni viernes ni sábado, sino un lunes. El día en cuestión, Heracles, acompañado de un grupo de agentes de la Seguridad Nacional, estaban en Sanz Sousci, dándole la bienvenida al *attaché* militar americano, el Coronel Crowley.

Mientras estaban entretenidos en la ceremonia, y el yanqui presentaba sus documentos al jefe de seguridad nacional, el joven Alberto estaba conversando con dos colaboradores de Aníbal y de Ramón que habían fingido ser empleados en el puerto.

Los dos desaparecieron con el adolescente. Gaetano puso a las fuerzas de seguridad en alerta; cientos fueron interrogados, y otros tantos de los sospechosos usuales, terminaron en cárceles y prisiones.

Tres días después, el presidente se dirigió al país a través de las ondas radiales:

—Estos secuestradores quieren avergonzar a nuestro gobierno, secuestrando a niños inocentes, seres que no tienen nada que ver con politiquería ni nada por el estilo. Los responsables serán hallados y sometidos a la justicia expeditamente.

Seis meses después, la búsqueda de Alberto no había dado resultado positivo. Desde el principio, Gaetano y Heracles sospecharon que Ramón y Aníbal estaban implicados en el secuestro, y así se lo comunicaron a varios de sus allegados.

Cumplido el séptimo mes y una semana, Alberto fue hallado en una casa cerca de la clínica del Doctor Asclepios. Las autoridades ordenaron a desalojar a decenas de familias de ese vecindario. El doctor, el único médico que prestaba servicios de salud prácticamente gratis a los habitantes de los barrios altos, rehusó mover su clínica del caserío público al moderno complejo que el gobierno había construido en un vecindario exclusivo, cerca del Palacio Presidencial. Indignado, el doctor dijo en una entrevista con un periódico local:

—Los ricos de allá abajo tienen médicos y clínicas de sobra; los destituidos de los barrios altos no tienen acceso ni siquiera a una aspirina. La ironía del gobierno es un hazme-reír: primero fui forzado a subir al barrio, y ahora me quieren forzar a bajar a vivir al lado de los grandes, gente que francamente no necesita mis servicios. Sólo obligado saldré de aquí.

Al poco tiempo, las autoridades le revocaron la licencia de medico. Muchos en el barrio se lanzaron a la calle, en una protesta, quemando llantas de autos y lanzándole bombas de fabricación casera a la policía.

Heracles ordenó el arresto de Ramón y del Doctor Asclepios, acusados del secuestro de Alberto. Antes de que los arrestaran, los dos tomaron armas y se sublevaron en las montañas de Bahoruco, refugiándose en las famosas cuevas donde una vez los cimarrones vivieron escondidos de la persecución de los españoles.

Para Gaetano y Heracles, la sublevación de Ramón y sus amigos fue una confirmación de su sospecha, de que ellos debieron ser los responsables del secuestro de Alberto.

—Coronel, tengo una misión importante para usted. ¿Me puede ayudar a sacar la espina que tengo clavada en el pie derecho?—le dijo Heracles a uno de sus subalternos un día.

El coronel comprendió inmediatamente la orden de su jefe.

Una semana después, la policía rodeó la cueva, y después de un reñido tiroteo, el cuerpo de Ramón fue hallado en un terreno baldío cerca de la cueva, junto al Doctor Asclepios. El resto de los sublevados fueron arrestados, y condenados a veinte años de prisión cada uno.

La prensa internacional tomó notas de lo que estaba sucediendo en el país, refiriéndose a la muerte de Ramón y a los arrestos en masas, como *limpieza social*.

Ignorando las críticas de la prensa extranjera, y tildando a la creciente oposición interna de izquierdistas, Gaetano nombró una comisión para estudiar la posibilidad de formar un solo partido político, proponiendo además, que los aspirantes a la presidencia fueran escogidos por un Colegio Electoral. El arzobispado se le opuso, y la idea fue prontamente abandonada.

Mientras tanto, sabiendo que la represalia contra su familia no se dejaba esperar, la esposa de Aníbal, encinta de su primer hijo, acudió personalmente ante el arzobispo, suplicándole que interviniera a favor de su esposo. El arzobispo le dijo que no podía intervenir en asuntos del Estado.

Para empeorar las cosas, una ola de calor, seguida de una gran sequía, devastó los bosques del Sur de la Isla, produciendo escasez en la canasta básica. Típico de los estados donde gobierna el capricho, Heracles achacó la sequía a Aníbal y a sus amigos, los izquierdistas.

Para minimizar la crítica de la prensa internacional, el presidente ordenó que Aníbal fuera enviado al exilio, en Venezuela.

—Mi esposo no es un criminal—protestó la esposa de Aníbal públicamente en la plaza central del pueblo.

En el exilio, Aníbal leía en la prensa lo que estaba sucediendo en su país, y juró regresar, pero no halló entre los expatriados ningún apoyo para llevar a cabo sus planes. Francisco Ramírez, alias el Gallo, al que también habían enviado al exilio, venía todas las mañanas a visitar a Aníbal, a discutir la situación política de su país, y a planear su retorno. Pasaban horas conversando.

Un día, el Gallo no llegó al apartamento que Aníbal alquilaba en el segundo piso de un edificio localizado en las afueras de Caracas. Varias veces, Aníbal le pidió al gobierno local que rompiera relaciones diplomáticas con su país. Y como último recurso, el líder de oposición se declaró en huelga de hambre, pero a las autoridades locales les importó poco hasta que una tarde un vecino llamó a la ambulancia. Llevaron Aníbal a la sala de emergencia del hospital más cercano, su cuerpo estaba débil. No respondió al tratamiento intravenoso.

Aníbal murió destituido, sin familia ni amigos alrededor, pero no estaba sólo; una enfermera indígena, nativa de Altagracia de Orituco, estuvo a su lado todo el tiempo. Era Día de las Mercedes. Aníbal murió el mismo día que nació.

Dos meses después, el presidente venezolano rompió relaciones diplomáticas con la Isla, y los embajadores regresaron a sus respectivos países. Ese mismo día, se celebraba la fiesta de aniversario de la independencia de la tiranía de Juan Buenavista. Entrada la noche, el Presidente Gaetano Buenavista fue conducido a la sala de emergencia del hospital militar. Los doctores intentaron salvarle la vida, pero el alcohol le había causado asfixia cerebral. Esa fue la historia que la familia le comunicó al público a través de los periódicos.

Las fuertes discordias que siguieron a la muerte del presidente terminaron dividiendo a los aliados políticos de la familia presidencial. Después de varios meses, un artículo publicado en la prensa, de fuente fidedigna, declaró que Gaetano cometió suicidio con su pistola en el despacho presidencial.

Por su lado, la Cámara de Diputados declaró Presidente de la República al presidente de la Cámara, hasta que los ciudadanos se dieran cita para elegir a un nuevo presidente en un plazo de noventa días.

Un mes antes de cumplirse el plazo de los noventa días, rodeado de varios compañeros de estudios en Harvard Square, entre ellos su novia Angelita y su amigo José Marte, el nieto de Juan Buenavista declaró su intención de postularse como candidato presidencial. Después de la graduación, José Marte regresó a Nueva York y Alberto y Angelita salieron rumbo a la Isla.

Alberto estaba horrorizado con el caos que halló en su familia, en el gobierno, en la economía; todo estaba de pies a cabeza. Desencantado, Alberto, Angelita, y unos cuantos miembros del Partido Reformista, amigos y compañeros de estudios, formaron un nuevo partido político, y lo llamaron La Alternativa. El día de las elecciones, Alberto sorprendió a todos, ganando más de la mitad de los votos en la primera ronda.

Sin previo aviso, y con la ayuda de jóvenes militares, algunos educados en el extranjero, Alberto empezó una campaña de reforma en el ejército, y además modernizó el sistema de transporte público.

—Toma a tu concubina, y tus ganancias deshonestas, renuncia y márchate antes que termines en la cárcel—le dijo Alberto a su padre, Heracles, en una conversación privada.

Una semana después, la prensa reportó que Heracles Buenavista iba a ser sometido a une serie de intervenciones quirúrgicas en el extranjero, y que su larga ausencia le iba a impedir desempeñar sus funciones de Jefe de Seguridad Nacional y por lo tanto, presentaba su renuncia.

Así desapareció el Sargento de Armas de la vista pública, sin pena ni gloria y sin revelar quién había sido el responsable de la muerte de Ramón, del Doctor Asclepios y sus compañeros. Se rumoraba que el difunto presidente no había ordenado la muerte de su amigo de infancia, sino que habían sido unos allegados al Coronel Lucho Contreras, ascendido a General por el propio Gaetano, un mes antes de suicidarse.

Las relaciones diplomáticas con Venezuela fueron restablecidas, y el presidente venezolano invitó a Alberto a su país, a retirar los restos de Aníbal. En una sesión privada en el aeropuerto en Caracas, antes de abordar el avión, Alberto escribió una nota personal, y la colocó en el ataúd.

Ramón te comparó a un elefante, más grande que todos en la Isla: tu barritar fue un llamado a las conciencias dormidas, a despertar en las tempranas horas del amanecer de la república; eras más grande que la vida. Los días que estuve en aquella casa sin muebles, llena de libros, Ramón me habló de muchas cosas, me abrió los ojos a las injusticias que se estaban cometiendo en nombre de la seguridad y del orden. Poco a poco, fui comprendiendo lo que ustedes dos creían. ¡Me hubiera gustado conocerte! Pero yo era apenas un niño cuando pronunciabas tus discursos públicos. Muchos esperaban tu regreso del exilio, yo mismo me contaba secretamente entre ellos. Hoy, prefiero creer que sí regresaste a tu esposa y a tu hijo, y a tu pueblo, aquel Día de las Mercedes.

A los pocos días de darle sepultura con todos los honores estatales, la Cámara de Diputados aprobó un proyecto de ley, ordenando que se erigiera un monumento a la memoria de Aníbal y de Ramón en la plaza principal.

—¿No te parece irónico?—le preguntó Alberto a Angelita, cuando se fueron a dormir esa moche.

—¿A qué te refieres?—preguntó Angelita.

—Que sólo la *nación* tiene suficiente fuerza para convertir al criminal de ayer en un héroe hoy.

—Hay más de una manera de contribuir al progreso de la nación—le dijo Angelita.

Como parte de su plan de reforma, Alberto nombró a dos militares de los más jóvenes y progresistas en las Fuerzas Armadas, el Almirante Jorge Temístocles y el General Miguel Ángel Arístides, para formar parte de la Jefatura de Estado Mayor.

CAPITULO II

La nación Honra A Sus Hijos

A pesar de las reformas iniciadas por el Presidente Alberto, y de las oportunidades de empleos que los *resorts* empezaron a generar alrededor del país, el número de habitantes intentando salir en busca de mejores oportunidades económicas, iba en aumento. El destino de la mayoría de los muchachos del barrio que arriesgaron su vida, cruzando el Canal de la Mona en pequeñas embarcaciones, era Nueva York.

La de Carlos, el hijo de Moncho el calderero de Río Dulce, empezó un sábado por la noche en la discoteca Casa Borinquen, en Brooklyn.

Carlos y su amigo Rafi bailaron toda la noche con cuatro muchachas que habían venido de la ciudad de Lawrence, entre ellas una italiana de nombre María.

—El agua que mejor sabor tiene en el área metropolitana, es la de Brooklyn; la nieve más pura es la que cae en Brooklyn—decía un negrito en voz baja a los que hacían fila, esperando turno para entrar al baño. De regreso a la mesa, Carlos se sentía que había llegado a la tierra prometida, y que la *nieve* de Nueva York era el elixir de los males de los inmigrantes; sus ojos se abrieron, respiraba con facilidad. Aunque sentía las encías adormecidas, estaba vivo, alerta, alegre, con una gran erección, y con deseos de seguir bailando toda la noche.

—¿Qué tal si nos vamos a un lugar solitos tú y yo?—le preguntó la chica mientras bailaban en el centro del salón.

Carlos la tomó de la mano, y desde la puerta, le hizo señas a Rafi comunicándole que iba a salir. Rafi siguió bailando con María y las otras muchachas. Dos horas después, Carlos regresó al club. De vez en cuando, las muchachas se ponían de acuerdo para ir juntas al baño, y cuando venían de regreso a la mesa, Carlos notaba que reaccionaban de la misma manera que él cuando regresaba del baño; entonces supo que ellas también estaban inhalando cocaína. María fue la primera que rompió el secreto, pasándole a Rafi un billete doblado por debajo de la mesa. Cada uno se pasaba disimuladamente el billete doblado por debajo de la mesa, tomando turno para ir al baño.

Alrededor de las once de la mañana del día siguiente, después de comer sancocho en el Restaurante el Cibao de la esquina de la avenida Myrtle y la avenida Wyckoff, las muchachas salieron rumbo a Lawrence, y en medio de ellas iba Rafi, apiñado en el Volkswagen negro de María.

Cuando Rafi llegó a Lawrence, la mayoría de los latinos eran de ascendencia puertorriqueña, y el único club de baile era el Centro Español. Los pocos dominicanos que vivían en la ciudad, viajaban a Nueva York los fines de semana, a visitar a sus familiares y a bailar en las discotecas de Brooklyn y Manhattan.

El creciente número de familias latinas que se mudó de Nueva York a las diferentes ciudades de Nueva Inglaterra, pasó de tema de interés demográfico a preocupación social y policíaca. La mayoría de los recién llegados, además de poseer una educación formal mediocre, no estaba registrada para votar, exceptuando a los puertorriqueños. La policía de Lawrence empezó a vigilar de cerca el quehacer diario de los dominicanos: los detenían para pedirle documentos de identificación, y frecuentemente los confundían con sujetos sospechosos. La policía de Nueva York también empezó a notar el creciente número de placas de Massachusetts los fines de semana.

Rafi viajaba a Nueva York los jueves, al colmado de Félix en la calle 154 y la avenida Broadway, donde Carlos trabajaba, y regresaba al siguiente día temprano en la mañana. A mediados de semana, cuando la mercancía se le agotaba, regresaba a Nueva York a buscar más abastecimiento.

Al cabo de dos meses, las cantidades de cocaína se hicieron más grandes, de modo que Rafi no tenía que viajar todas las semanas, sino dos veces al mes, y después sólo una vez. Todo iba aparentemente bien, hasta que seis meses después, un asalto a mano armada en el supermercado cerca del Parque Commons, conocido también como el Parque de las Ardillas, cambió todo.

El día del asalto, alrededor de las once de la noche, el hijo del dueño del supermercado estaba dentro ajustando las cuentas. Dos hombres enmascarados forzaron la entrada a punta de revólveres. Según el reporte policíaco, el hijo del dueño identificó a Rafi en fotografías como uno de los asaltantes. Cuando Rafi se enteró que la policía lo andaba buscando para cuestionarlo, salió rumbo a Manhattan acompañado de María.

Manejaron hasta Lynn y se hospedaron en un hotel de putas localizado en el segundo piso de una discoteca. Rafi y María estuvieron bailando e inhalando coca hasta altas horas de la madrugada. Dos días después, dejaron el Volkswagen abandonado en una calle poco frecuentada cerca del hotel, se las arreglaron para tomar un bus de La Galgos, y llegaron a Nueva York.

Carlos los hospedó durante varios días en su apartamento; al cabo de una semana, les pidió que buscaran su propio lugar, explicándoles que lo acontecido en Lawrence los ponía a todos en peligro. Rafi y María se mudaron a un cuarto amueblado en la calle 200 y Dyckman, a una cuadra de lo que después llegó a ser el club-restaurante Mirage.

El negocio de Carlos, desde su apartamento en el segundo nivel, siguió creciendo. Después de unas cuantas amenazas de Carlos, Rafi dejó el uso diario de coca, y sólo la usaba los sábados cuando salían a los clubes a bailar. Por su capacidad de negociante, de ahorro, y de su dominio de la psicología callejera, Carlos fue ganándose la confianza de los suplidores de Félix, y en poco tiempo empezó a distribuir a los negocios del área: estudiantes de Columbia University, colmados, salones de belleza, night clubs, y entre los taxistas.

Para entonces, las computadoras de los diferentes departamentos policiales de Connecticut, Nueva York, Massachusetts y Rhode Island no estaban totalmente coordinadas, excepto cuando se trataba de casos sobresalientes o cuando el FBI estaba envuelto, de modo que Rafi vivía escondido en Nueva York a plena luz del día.

Un abogado de Boston que tenía un programa en la radio, y que había estado siguiendo de cerca la explosión demográfica de los latinos en los estados de Nueva Inglaterra, comentó un día en su programa que "aunque la maquinaria de la ley federal y estatal se moviera de forma lenta, tarde o temprano la Ley encontraba al criminal."

A todo y a todos les llega su tiempo, inclusive a las cinco familias criminales que componían en ese tiempo la organización criminal llamada La Comisión.

Durante años, La Comisión controló el mercado de prostitución, las uniones, los juegos de azar, robo, extorsión, y la distribución ilegal de narcóticos. El tráfico ilegal de narcóticos era también conocido como la Conexión Francesa, el cual incluía heroína, marihuana, hashis y opio procedente de lugares tan distantes como China, Burma, Sicilia y Turquía.

Después de haber negado durante años la existencia de la mafia, el FBI, y el mismo Presidente Lyndon B. Johnson, tuvieron que admitir la existencia del crimen organizado en los Estados Unidos. Finalmente en el año 1972, una década antes de Carlos llegar a Brooklyn, la policía de Nueva York y el FBI desmantelaron la Conexión Francesa. La acción del gobierno resultó en la creación de un mercado más amplio, más agresivo y fluido, abriendo una puerta amplia al tráfico de cocaína procedente de Latinoamérica, especialmente de Colombia y Perú, vía México.

Para ese entonces, las restricciones de aduanas eran tan relajadas que muchos transportaban maletas llenas de cocaína en vuelos comerciales. A veces, las traían en equipajes de manos. Los maleteros se aseguraban que las maletas señaladas no pasaran por las acostumbradas inspecciones de aduana.

La cocaína era el producto de una nueva ola de inmigrantes, y sus traficantes no estaban obligados a observar ninguna regla, como los italianos y su *Omerta*. Además, la cocaína era un producto de consumo de la clase media y alta, abogados, jueces, maestros, estudiantes universitarios, gerentes y empleados de empresas relacionadas a la bolsa de valores, y jóvenes genios de la industria tecnológica la consumían.

En la década de los 80, casi todo el mundo en Nueva York, desde el empresario de cuello blanco hasta los abuelitos, usó cocaína recreativamente. El grado de pureza determinaba el precio. Luego, los afroamericanos de los caseríos públicos de Nueva York, Filadelfia y Chicago, inventaron una manera de convertir la cocaína en un producto mucho más adictivo, y altamente peligroso: el crack-cocaína.

Mientras la atención de las autoridades federales estuvo concentrada en Colombia y México, mayormente en Colombia, la organización de Carlos creció dentro de las vísceras de la bestia, en Washington Heights.

En Brooklyn, un policía del precinto 83 de la avenida Wilson, esposo de una prima de Carlos, se convirtió en usuario regular. Compraba grandes cantidades y las revendía a otros policías. Cuando la demanda incrementó, Carlos alquiló un espacio comercial en la calle Green, lo abarrotó de comestibles, y empezó a distribuir cocaína desde el Colmado La Gloria.

El suplidor principal de Carlos era un puertorriqueño de nombre Marcos. Un colombiano que tenía relación directa con el Cartel de Cali le suplía a Marcos.

Un día, el cuerpo de Marcos fue hallado en un automóvil abandonado en una calle del Sur del Bronx, con tres balazos en la nuca. Tres socios de Marcos se quedaron encargados de la mayoría de sus operaciones. Uno de ellos, Manuel, un puertorriqueño del Bronx que tenía algunos intereses de heroína y marihuana en Manhattan, se convirtió en el suplidor de Carlos. Algunos sospecharon que Manuel había estado envuelto en el asesinato de Marcos, con la ayuda de unos policías corruptos.

Félix, y luego Marcos, le habían advertido a Carlos que uno de los componentes indispensables en el bajo mundo era el padrinato: *el que no tiene padrino no se bautiza, es cierto tanto para la Iglesia como para el bajo mundo. De otra manera, uno termina en el infierno, o al menos en el purgatorio* le dijeron. La Iglesia y el hampa tienen credos similares y Carlos no quería terminar en ningún purgatorio.

El hecho de que se rumoraba que Manuel tuviera algo que ver con la muerte de Marcos no disuadió a Carlos a alejarse de él. Al contrario, su muerte representó una oportunidad para fortalecer su negocio.

Manuel le contó a Carlos que a pesar de la desaparición de la Conexión Francesa, la mafia italiana todavía mantenía un control estricto de la distribución de narcóticos en las calles de Nueva York. Pero Carlos insistía que Manuel debía ayudarlo a establecer contactos directos con alguien en Colombia. Manuel le decía con voz grave y pausada:

—Cógelo suave.

Pero Carlos siguió insistiendo hasta que Manuel accedió. Ambos sabían muy bien el peligro que enfrentaban si los italianos se enteraban de su contacto directo con Colombia.

Finalmente llegó el día. Por un diez por ciento del despojo, Manuel supo exactamente a quién llamar, a René, un Colombiano, dueño del restaurante Bonanza en Northern Boulevard. Manuel y René eran viejos amigos. Al principio, René rechazó la idea de conocer a Carlos, hasta que finalmente accedió, con la condición de que Víctor, su asistente, se encontrara primero con él.

Acompañado de una chica muy linda, Carlos se hospedó en el hotel Marriot la Guardia un sábado en la noche. Parecían una pareja normal que había llegado recientemente de viaje. Llevaban valijas y todo. Un empleado uniformado subió el equipaje a la habitación. Carlos le dio un billete de cincuenta dólares de propina, y le preguntó si conocía algún restaurante en Queens que fuera un lugar seguro, tranquilo y con buena comida. Manuel le había dado instrucciones a Carlos que cuando preguntara por el restaurante, usara las palabras *lugar seguro, tranquilo y buena comida*. Eran una clave, un código.

—Sí—contestó el empleado uniformado. —El vino y las flores que usted ordenó estarán en su habitación en breve. *Flores* y *vino* eran la contraseña que indicaba a Carlos que había hecho el contacto correcto. A los cinco minutos, el toque en la puerta. En una bandeja había un par de cigarrillos de marihuana, y tres gramos de cocaína de la mejor calidad, cada una enrollada en billetes de cincuenta dólares. Antes de salir de la habitación, el empleado uniformado le pasó una nota: "*Restaurant Bonanza". Northern Boulevard y Stainway. Pregunta por René.*

—¿Cómo te llamas?—le preguntó Carlos. El empleado uniformado entreabrió la puerta de nuevo, miró a Carlos, y con una sonrisa, cerró de nuevo la puerta. Carlos se imaginó que era Víctor.

Cuando llegaron al restaurante, había una fila de personas en la acera, esperando para entrar. Carlos llamó a un mesero, y le dijo que un empleado del hotel Marriot lo había enviado donde René.

—Entre por aquí, por favor. La fila es para la discoteca Ilusiones, aquí al lado—le dijo el mesero, y enseguida llamó al gerente del restaurante. Una mujer, vistiendo falda azul y blusa blanca, acompañada de un hombre de mejillas redondas y cabello negro salpicado de canas y de aproximadamente 50 años, salió a la puerta a recibirlos.

—¿Cómo te llamas?—preguntó el hombre.

—Mi nombre es Carlos.

—¿Dices que Víctor te envió donde René?—volvió a preguntar el hombre.

—Sí, supongo que Víctor es el empleado uniformado del hotel—dijo Carlos.

—Yo soy René. Sígueme, Carlos. Todo el que es amigo de Manuel es mi amigo. Tratamos de brindar un buen servicio a nuestros clientes.

La mujer uniformada de blusa blanca y falda azul caminaba delante, seguida de René. Detrás iban Carlos y su acompañante. Entraron por la puerta lateral, donde había unos botes de basura. Un toque, y las puertas se abrieron. Pasaron por la cocina.

—Tomás, no dejes que esa olla hierva más de lo necesario—gritó René a un cocinero que se afanaba en poner los toques finales a una apetitosa cazuela de mariscos.

—Sí jefecito—respondió el cocinero.

—Hace quince años que Tomás está conmigo. Es uno de mis mejores cocineros—le dijo René a Carlos.

—Gracias René—dijo Tomás con una sonrisa amplia al entreoír el comentario de su jefe.

A mano izquierda, había unos refrigeradores gigantes, unos de ellos estaba con la puerta abierta, y un empleado, que no se veía por estar agachado, echaba unas papas peladas en un envase plástico. A mano derecha, había una mesa larga con un tapete de acero inoxidable, y encima de ella había cebollas, cilantro, ajo, carnes y vegetales. Un ejército de cocineros se movía como hormigas, afanándose para servir la mejor langosta al ajo de Queens.

René apoyó sus dos manos gigantes y rellenas contra la puerta de dos hojas pintada de negro, y la empujó. La puerta se abrió hacia el comedor.

—Por llamarse Bonanza, cualquiera pudiera imaginarse que el restaurante sirve parrilladas. Pero desde que era un chiquillo, mi serie favorita televisiva era Bonanza, y por eso le puse el nombre a mi negocio. Me gustan las contradicciones, no ser predecible, confundir a la gente, para que con todas y mis casi trescientas libras, no me vean venir. ¿Sabes a lo que me refiero?—preguntó René.

—Sí, sé a lo que te refieres—le respondió Carlos.

El corazón de Carlos palpitaba a un millón por segundo. Se preguntó, ¿qué diablos busco aquí? Su mente sabía la respuesta, pero su alma no. Igual que Rafi y René, Carlos estaba jugando al escondite con la Ley. Buscaba identidad, reafirmación, y la Señora Cocaína le ofrecía el camino a grandes cantidades de dinero. *Ya tendré tiempo para confesar, al final del día, si es que llego vivo hasta el amanecer*, se dijo a sí mismo. Las *líneas* que había inhalado en el hotel le habían quitado el apetito. Lo que en verdad quería era tener su conversación con René, y largarse a un lugar más íntimo, más seguro. Las piernas le temblaban. Esta noche no quería estar rodeado de mucha gente. Pero tenía que seguir con el programa, con las apariencias. Estaba en medio del río, y tenía que dejarse llevar de la corriente.

Dos camareros iban delante, uno de ellos llevando una mesa por encima de la cabeza, ya que no había mesas disponibles, y el otro llevaba flores frescas, una vela aromática y una botella de Tempranillo Garnacha para colocarlas encima de la mesa. Las sillas aparecieron de la nada. La gerente, con una amplia sonrisa, esperaba, lista para apuntar sus órdenes. Carlos apenas probó la cena. Cuando terminó, se excusó y fue al baño. Sintió deseos de vomitar. Se echó agua fría en la cara. Agua. Fría. Alma. Sedienta. Garganta. Seca.

Entre él y su figura en el espejo había un mar frío de cristal. Cuando salió del baño, dos manos grandes lo jalaron hacia un rincón del pasillo. La conversación duró menos de dos minutos. Cuando regresó a la mesa, tomaron café. Se sintió mejor después de beber el café. Un momento después, René llegó, y les preguntó si habían disfrutado de la cena.

—Deliciosa—dijo la mujer.

—Sí, muy rica. Gracias—dijo Carlos.

René iba delante de ellos para encaminarlos a la salida. Antes de salir, René saludó a un hombre que estaba sentado en una mesa a la izquierda de la entrada.

—Carlos, éste es mi amigo Moisés.

Carlos extendió la mano.

—Me llamo Carlos. Mucho gusto.

—Un placer—dijo Moisés con una sonrisa. Se sentó de nuevo, y siguió cenando y charlando. En la acera, Carlos olvidó el rostro y el nombre de Moisés. Pero el destino de estos dos hombres se había cruzado, y pronto volvería a cruzarse.

Los delegados a la Conferencia de Desarrollo Latinoamericano, en el Jacob Javits Center, procedentes de Perú, Bolivia, El Salvador, Guatemala, Nicaragua, Venezuela, República Dominicana, Argentina, México, Uruguay, Ecuador y Colombia, habían llegado la noche antes, y se habían hospedado en diferentes hoteles de Manhattan. El moderador, Julio Salazar, explicó las razones y las metas de dicha conferencia: Promover el desarrollo económico de los países latinoamericanos, y a la vez fomentar el acercamiento entre las diferentes agencias gubernamentales de los diferentes países, las cuales eran responsables de crear oportunidades para el desarrollo de industrias privadas en cada país.

Entre los conferencistas había representantes de la Cámara de Comercio de los Estados Unidos, y de la DEA, FBI, CIA, ATF y la FDA, infiltrados, haciéndose pasar por comerciantes.

Igual que la policía de Nueva York, los federales estaban dando palos a ciegas. El Alto Manhattan estaba minado de agentes encubiertos: en los clubes latinos, en los colmados, y hasta en las barberías. Su interés no era tanto hacer arrestos, sino identificar las fuentes de la gran cantidad de *nieve* que había estado cayendo con tanta frecuencia en las calles de Nueva York en años recientes.

A la hora del almuerzo del segundo día de la conferencia, Carlos abría la puerta del restaurante Le Grill, de la calle 36 y la Primera Avenida, cuando alguien llamó su atención.

—Lo vi en la Conferencia—le dijo un hombre desde la distancia, mientras cruzaba la calle, caminando en dirección al restaurante. Carlos no lo reconoció de inmediato.

¿Quién será?, se preguntó mientras el hombre se acercaba a saludarle. Mediana estatura, bigotes oscuros, vistiendo un traje gris oscuro. Odiaba cuando eso sucedía, cuando una persona lo detenía en algún lugar y lo saludaba, y no la reconocía. He visto a este tipo en algún lugar, se dijo. Se concentró hasta que recordó que era el hombre que René le había presentado en su restaurante, pero se dio cuenta que había olvidado su nombre y mientras hacía el esfuerzo de recordarlo, el hombre se acercó.

—Soy Moisés Velasco, de la delegación Peruana. Quizás no me recuerdes, pero nos conocimos brevemente a través de un amigo común.

—Mucho gusto. Soy Carlos, comerciante, radicado en Nueva York. Sí, nos conocimos a través de René.

Hablaban mientras caminaban juntos. El restaurante estaba lleno de conferencistas. Carlos hizo señas a Rafi para que los dejara solos. Mientras almorzaban, conversaron de temas de negocios, cosas de interés común.

Durante el almuerzo, Moisés le dijo que él era el contacto de Manuel, y que René era sólo el intermedio. Antes de partir, Moisés invitó Carlos a cenar en uno de sus restaurantes favoritos, el Sparks Steak House, para la noche del día siguiente.

Carlos lo estaba esperando en la mesa. Al terminar de cenar, fueron a un *smoking room* para aficionados a los puros, localizado a media cuadra del restaurante.

Mientras disfrutaban de un puro finísimo, Montecristo A, y de unas copas de vino Petrus Vintage, de $1,300 la botella, Moisés le dio a Carlos una breve reseña del palpitar político y económico actual de su país, y fue así como llegaron al tema del dinero.

Ambos compartían la opinión que el dinero ya estaba impreso, pero que la economía debía ser creada. Las dos cosas son una creación de los más listos, de los fuertes, de los que controlan la política. Como economista, el trabajo de Moisés en su país era crear oportunidades económicas.

—En mi país, muchos opinan que la producción y distribución de coca debe ser legalizada, y que el gobierno americano debe hacer lo mismo—dijo Moisés.

—Los políticos con su trabajo, el mío es suplir la demanda. No me malentienda: legal o ilegal, yo creo en el control de calidad y que deben haber ciertas reglas para mantener un cierto sentido de balance. Al final del día, lo importante es que un hombre pueda producir para sostener a su familia—le contestó Carlos.

Levantaron sus respectivas copas, y brindaron.

—Por el dinero—dijo Carlos.

—Por la salud—le contestó Moisés.

No había dudas de su mutua admiración y respeto, y que formaban una buena combinación. Moisés le dijo a Carlos algo que lo dejó sorprendido: un amigo personal de él, Roberto Montenegro, era el gerente general de la campaña presidencial de Jorge Fuchida.

Carlos estaba impresionado, pero no lo demostró. Por fin, la oportunidad que había estado esperando estaba frente a él. Pero no permitió que su emoción lo traicionara. No dijo nada. Decidió esperar que Moisés tomara la iniciativa.

—En nuestro país necesitamos modernizar la industria agrícola, la industria cafetalera en particular. Y para ello hace faltas maquinaria. Yo estoy seguro que vamos a ganar las elecciones. Queremos cumplir con nuestra promesa de modernizar la industria agrícola, y para eso vamos a necesitar que alguien nos sirva de contacto para comprar y enviar la maquinaria que necesitamos. Además, necesitamos alguien que nos ayude a financiar la compra de los equipos; necesitaremos dinero, mucho dinero. Y ambas cosas están aquí, en Estados Unidos, el dinero y la maquinaria. Nosotros tenemos los productos agrícolas, y garantizamos la entrega de los productos a tiempo.

Carlos escuchaba. Era momento de actuar. Se inclinó en su sillón, y como para que nadie escuchara lo que iba a decir, le dijo:

—Yo puedo ayudarte con la compra y envío de la maquinaria a tu país.

Moisés, relajado en su sillón, como para enfatizar con un gesto que todo estaba bajo control, respondió:

—Entonces has progresado desde que nos vimos la primera vez. Hay lugar para una expansión aún mayor, más allá del área metropolitana de Nueva York. El mercado es amplio, y hay lugar para los colombianos, peruanos, mexicanos, y también para los dominicanos. Yo me encargaré de René.

El dulce aroma de los puros llenó el espacio entre ambos.

—Yo garantizo doscientos kilos al mes—dijo Moisés.

Carlos permaneció en silencio. Moisés estaba hablando de más o menos dieciocho millones de dólares.

—Parte llegará a Cincinnati, Cleveland, y otra parte a Chicago. Lo que tú decidas comprar, de acuerdo a tu capacidad, llegará al destino que acordemos. Nosotros nos encargaremos de los gastos de transportación—le aseguró Moisés.

—¿Quiénes son los vendedores de café en Nueva York?—preguntó Carlos.

—La competencia entre los latinos es una colombiana apodada La Madrina. Sus hijos son sus suplidores. Uno de ellos vive en Miami, y transporta la mercancía hasta Queens. Pero, en este negocio no hay lugar para sentimientos familiares. La Madrina no me preocupa, ni debe preocuparte a ti tampoco—dijo Moisés, haciendo una pausa para tomar una bocanada de humo, y luego continuó.

—La Madrina opera mayormente en los vecindarios de Corona y Jackson Heights. Washington Heights y Bushwick son tuyos. Tengo treinta años visitando Nueva York, y lo conozco bien.

La noche concluyó con un brindis de coñac. Ahora era cuestión de una llamada de ambas partes para confirmar que todo estaba en su lugar. Ninguna de las partes podía reclamar la mercancía o el dinero a menos que hubiera constancia de que todo estaba bajo control.

La conferencia llegó a su conclusión el domingo al medio día, y los organizadores y los participantes del evento se retiraron a sus respectivos países y a sus vidas cotidianas, con la satisfacción de haber facilitado el diálogo entre jugadores de grandes ligas de la política económica latinoamericana.

Un mes después, el cargamento de *café* procedente de Perú pasó por un puerto designado en Miami. Los agentes de la Administración de Drogas y Alimentos (FDA) inspeccionaron unas cuantas latas, y después de confirmar que el contenido del furgón cumplía con las leyes sanitarias y de salubridad del país, el *café* llegó a un almacén en el Sur de Cincinnati.

Parte del cargamento, equivalente a un millón de dólares, llegó a Nueva York al apartamento de Carlos en la calle 154 y la avenida Broadway, empacado en cajas de cartón. Para entonces, el colmado de Félix era atendido por Carmelo Primo, uno de los muchachos del Barrio 27 de Febrero. Los cargamentos de café procedente del Perú llegaban todos los meses, y Carmelo los *cortaba*, preparándolos para la distribución.

El apartamento en el segundo piso se convirtió en el centro de operaciones de Carlos; las máquinas no paraban de contar billetes de diferentes denominaciones: de cinco, diez, veinte, cincuenta y de cien dólares. Carlos andaba siempre con treinta mil dólares escondidos en un cinturón alrededor de la cintura.

Eventualmente tendría que buscar una manera de lavar tanto dinero. No podía ir al banco y abrir una cuenta de ahorros. Para eso, iba a necesitar ayuda, y recurrió a su abogado, José Marte, conocido popularmente como el Ron Kuby de los latinos, con oficinas en Boston y Nueva York.

José Marte era ambicioso y bocón, pero era un jurista eficiente y peleaba por los intereses de sus clientes, hasta el punto de haber sido amonestado varias veces por distintos jueces. El abogado, además de ser amigo personal del presidente y de su esposa, tenía buenas conexiones con las grandes figuras políticas de su país, de modo que él sería el hombre perfecto para el lavado de dinero.

En enero, Carlos y José Marte se encontraron en el Parque Central. Ese año eran las elecciones presidenciales en la Isla, y Carlos quería saber cuán lejos José Marte estaba dispuesto a ir con él.

—Me gustaría financiar la campaña de un candidato presidencial con buenas posibilidades de ganar—le dijo Carlos al abogado un día en su oficina.

—¿Con qué propósito?—le preguntó el abogado.

—Expandir mis intereses e inversiones en los negocios legítimos—le contestó Carlos.

Cinco pies, cuatro pulgadas de estatura, sus ojos le brillaban mientras Carlos hablaba de sus planes y de dinero; en ese momento, el abogado sintió que se había hallado con la persona que lo ayudaría a realizar su destino de grandeza en la vida. Hablaron durante horas.

Durante un viaje a la Isla, al mes de haber conocido a Carlos, José Marte se detuvo en la Carretera Las Américas. Con el mar Caribe a su izquierda, y cientos de cuerdas de terrenos baldíos a la derecha, se le ocurrió sugerirle a Carlos la idea de construir un complejo hotelero, un centro comercial, un restaurante *jet-set*, un casino y una discoteca, en el mismo complejo. La localización era ideal, entre el aeropuerto y el centro de la capital.

Viajeros y turistas con destino a la zona colonial, se detendrían y se hospedarían allí. Su clientela sería principalmente peloteros, deportistas, artistas y otros que habían triunfado en el mundo de los negocios, y que regresaban a su país a menudo a disfrutar de unas merecidas vacaciones.

—¿Por qué dejarle lo mejor en nuestro país a los gringos, canadienses y a los europeos? Hay que comprar e invertir, ahora, antes que los extranjeros se queden con todas las costas y las mejores playas, antes que nos suceda lo que le sucedió a los Jamaiquinos. Los riesgos son mínimos—le sugirió José Marte a Carlos cuando se encontraron en su oficina en Nueva York.

Lo primero que debía hacer, le aconsejó José Marte, era una contribución monetaria a la campaña del candidato presidencial, Alberto Buenavista.

Buenavista. Carlos recordó cuando el abuelo del presidente pasó por su casa el mismo día que fue asesinado. *Buenavista*, un nombre que estuvo asociado con dictadura, los militares y abuso policiaco. Carlos no estaba seguro. Para asegurarle que Alberto no era ni su padre ni su abuelo, el abogado le contó que él había sido compañero de estudios de Alberto y de su esposa, María de los Ángeles (Angelita). José Marte procedió a contarle la historia de la primera vez que él conoció a Angelita. Sus padres eran ricos, dueños de grandes plantaciones de tabaco, y tenían muchas cabezas de ganado en las ricas tierras del Cibao.

CAPITULO III

Mango Fresco

Rogelio Benigno trabajaba de guardia en Mango Fresco, la plantación que la familia de Angelita tenía entre Tamboril y Villa Bisonó, en la región del Cibao. Un domingo, Rogelio llevó a José y a su hermana Nery de visita a la finca. José le dijo a su hermana que invitara a Angelita para que se fueran los tres solos a jugar a un rincón de la finca. Los padres de Angelita le habían prohibido jugar con los hijos de los empleados, especialmente si eran de *color*, pero a insistencias de Angelita, sus padres le permitieron ir jugar con los hijos de Rogelio. Detrás de la cerca había una depresión, y al fondo, un río que en los días fuertes de lluvia, subía hasta el cercado.

No fue hasta que llegaron a ser adultos que José y Nery intentaron poner las nebulosas memorias de su niñez en orden, incluyendo algunos detalles de su visita a Mango Fresco ese día. José Marte no recordaba si el río estaba crecido o si Angelita le había dado un beso en la mejilla. Lo que Nery y José siempre recordaron fue el corre-corre, a los guardias armados, y la prisa con que su padre los sacó de la finca.

Después de esa tarde, Nery y José no volvieron a ver a su padre con vida. Muchos años después, estando en su lecho de muerte, una tarde lluviosa en Brooklyn, su madre les contó lo acaecido ese día en Mango Fresco, y la historia de la desaparición de su padre.

—La finca, la desaparición de tu padre, y la orden firmada por el Jefe de Estado Mayor forman parte de la misma historia—les dijo Amarilis a José y a Nery.

Por orden de la Jefatura del Estado Mayor, se le notifica por este medio oficial que usted, Rogelio Benigno Marte, queda suspendido y dado de baja, con todos los perjuicios y gravámenes que se aplican al caso en su contra, tal como fuera ventilado ante el Tribunal de las Fuerzas Armadas.

Serapio Martínez
Jefe del Estado Mayor del Ejército.

Un toque en la puerta estremeció el ranchito de madera, interrumpiendo el silencio de la tarde dormida. El inconfundible olor a mango en el aire y el ruido de botas de guardias acercándose, seguido del rudo toque en la puerta, eran parte de las anécdotas de desapariciones, secuestros y torturas, tanto en la capital como en cualquier parte del país. Entre las víctimas se contaban mujeres, muchas en la flor de su juventud, que desaparecían de los vecindarios. Su delito en común era ser jóvenes y hermosas.

—Vecina, ¿ha visto usted a Maritza?—preguntaba una vecina.

—No, vecina. Arelis, ¿dónde está Maritza?—le contestaba la vecina, mientras indagaba con su propia hija el paradero de la hija de la otra vecina.

—No sé, mamá, estábamos jugando temprano.

Arelis, la hija de la segunda vecina, no sabía nada; pero siempre había alguien que sabía o había visto algo.

—Doña María, yo vi a su hija subir a un vehículo ocupado con unos hombres vestidos de guardia—decía el hijo del vecino que vivía alrededor de la esquina.

Otra niña que desaparecía del barrio.

Algunas eran *invitadas* a la casa del presidente, por el mismo mandatario; unas regresaban, otras no. Las mujeres no eran las únicas que desaparecían. Los ladrones también.

La mayoría eran encarcelados y torturados durante largos períodos de tiempo. También desaparecían enemigos políticos, cuyos nombres y el de toda su familia, eran puestos en listas negras, y sus casas constantemente vigiladas por espías de la policía. El dictador empleaba al Estado para mantener a la población aterrorizada, y sus sicarios asesinaban simplemente por el deseo de asesinar o por actos de sabotaje, como el cometido en Mango Fresco: alguien mezcló veneno con la comida de los animales, y más de trescientas cabezas de ganado murieron a causa de ello.

El padre de Angelita era uno de los generales favoritos del Jefe, y cuando el general le contó lo sucedido, el presidente desató toda su furia contra los empleados de Mango Fresco, y contra sus familiares.

—¿Aquí vive la familia de Rogelio Benigno Marte?—preguntó un guardia que sostenía la orden firmada por el Jefe del Estado Mayor del Ejército, Serapio Martínez.

—Sí—contestó la viejita con voz temblorosa.

—Por orden de la Jefatura de Estado Mayor...—el guardia empezó a leer la orden, pero se detuvo, levantó la vista del documento oficial, dándose cuenta que la anciana frente a él ya había vivido su vida, y que ni sus toques en la puerta ni lo fuerte de su voz la podían aterrorizar. Indignado, se dio media vuelta, y mientras se alejaba le gritó:

—A su hijo lo despidieron del ejército por insubordinación, y ahora mismo sus amigos están en cueros en una celda en la Fortaleza Ozama.

Rogelio tuvo suerte de sólo haber sido expulsado. Su caso era peculiar, por decir lo menos, pero su despedida deshonrosa del ejército fue el principio de sus vituperios, y el de los otros veinticuatro que vivían en ranchitos en Mango Fresco. Cada guardia era responsable de la vigilancia de la finca, de supervisar el ganado, y de asegurarse que tanto la leche como las frutas estuvieran listas para ser recogidas en camiones oficiales del ejército.

Aprovechando la confusión y el corre-corre de la tarde en cuestión, Rogelio se apresuró y sacó a sus hijos de prisa, llegó a la capital, y los dejó con Amarilis, la madre de José y Nery.

La noticia de que algunos de los saboteadores se habían dado a la fuga llegó a oídos del padre de Angelita, y con el permiso del presidente, el general despachó a un pelotón de guardias para que rodearan la finca.

—Que los que están adentro no salgan—ordenó el general. Otro pelotón de guardias armados se dedicó a perseguir a los que se habían dada a la fuga. En la finca, los guardias separaron a las familias, los hombres fueron conducidos a varias prisiones, unos a Nigua, otros a la Cuarenta en la capital, y a otros simplemente los despacharon en el camino. Sus restos fueron hallados meses después, y algunos ni siquiera aparecieron. Dos días después, en la capital, un vehículo de la guardia se detuvo frente a la casa de Amarilis. Unos hombres vestidos de ropa civil preguntaron por Rogelio.

—Estuvo temprano esta mañana. No está aquí—les respondió Amarilis nerviosa, imaginándose lo peor.

Nery, de seis años de edad, salió de la habitación al escuchar la conversación en la puerta, y se paró al lado de su madre, sujetándose fuertemente de su falda. Uno de los hombres se agachó, y tomó su carita entre sus ásperas manos, dejando marcados sus pesados dedos en la mejilla de la niña. Nery se orinó de miedo. Amarilis temblaba, temerosa de lo que podía pasarle a ella y a sus hijos.

Para entonces, Rogelio se había enterado que los guardias estaban cerca. Cuando fue a visitar a su hermana a Villa Francisca, fue avisado que unos hombres estaban en la puerta, preguntando por él.

Rogelio inmediatamente brincó por el patio, corrió y corrió, pero no tenía a donde ir. Anduvo todo el día, mezclándose entre los transeúntes de la avenida Duarte. Almorzó en una fonda del Mercado Modelo.

Alrededor de la seis de la tarde, cansado, se sentó en uno de los bancos del parque Julia Buenavista. Decidió no correr más. Los agentes del Servicio Seguridad, civiles y uniformados, y todo el Aparato del Estado, habían convertido el miedo en una realidad maligna, viva, omnipresente. ¿Cómo escapa del Leviatán una gacela herida que intenta cruzar el rio? Un mango goteado no puede correr a esconderse entre las hojas secas, a la hora que los cerdos se arremolinan para el festín de la tarde. Rogelio sabía que había llegado su fin. Un sudor frio le corrió por la espalda. Hacía tres días que no se aseaba; exudaba olor a muerte.

—Señor, ¿le lustro los zapatos?—le preguntó un limpiabotas.

Rogelio no respondió, su mirada estaba perdida, fija en un punto invisible en el aire. El limpiabotas siguió su camino pausadamente. No había limpiado ni un solo par de zapatos en todo el día; la noche estaba por caer, y el niño temía que iba a llegar a su casa sin nada para darle a su madre para la cena.

Sus miradas tristes se encontraron una vez más cuando el niño miró hacia atrás. Rogelio le hizo señas que regresara, y cuando se alistaba para lustrarle los zapatos, notó que calzaba unas chancletas gastadas, y que el cordón que separaba el dedo gordo del resto estaba roto. Rogelio se metió la mano derecha en el bolsillo, sacó dos monedas de veinticinco centavos, y se las dio. Era todo lo que tenía. El niño titubeó un momento, intuyendo que el hombre estaba más necesitado que él. Unos niños que jugaban en la cercanía se acercaron, y el limpiabotas se metió rápidamente las monedas en el bolsillo y se marchó.

Por un momento fugaz, mirando al niño alejarse en la distancia, su espíritu se fue con él, tomado de su mano ennegrecida por la pasta de lustrar. !Cómo quiso ser ese limpiabotas, y tomar su miedo, y llegar a La Ciénaga, cruzar el río Ozama, pasar los Tres Ojos, y llegar al lugar donde escuchó que el cielo se une con el mar! Se imaginó que era un lugar mágico, inocente, una montaña detrás del Cabo Cabrón, desde donde se puede ver al sol en las tardes, recostado en su tálamo de agua turquesa, esperando a la Luna salir en todo su esplendor.

Rogelio tenía sus ojos cerrados, y antes que el sol se escondiera detrás del Gran Océano, el jalón de camisa lo estremeció, y lo levantó del asiento. Dos hombres vestidos con ropa de civil lo metieron violentamente a empujones a un vehículo que esperaba cerca de la cuneta.

Rogelio desapareció para siempre. Amarilis no supo si murió en una prisión, o simplemente fue asesinado. Sólo desapareció.

—¿Qué sucedió con Angelita y Mango Fresco?—preguntó Carlos.

—Mi madre nos contó que el general compró más cabezas de ganado, ensanchó la finca, desalojó a más campesinos de Corocito, Villa Bisonó y Tamboril; las tierras que no compraron, simplemente las incautaron. ¿Puede el suelo distinguir entre el agua y la sangre que se derrama sobre ella? La finca quedó como si en su suelo nunca se hubiera derramado sangre—le respondió José.

Carlos escuchaba atentamente a José Marte, un hombre con una niñez accidentada, que no se supone que hubiera salido del barrio, y mucho menos que fuera abogado, egresado de la escuela de Derecho de Harvard. A Carlos le pareció curioso, y así se lo expresó a José, que él y Angelita, quienes empezaron su odisea partiendo de polos opuestos y desiguales, se hayan cruzado en la prestigiosa universidad. Y ahora, de nuevo, ambos caminaban por sendas aparentemente paralelas: él era el abogado de un criminal, y ella, la esposa del Presidente de la República.

—Tu hermana Nery, ¿vive aún?—preguntó Carlos.

—Irónicamente, el padre de Angelita procuró visas para los tres, y vinimos a vivir a Brooklyn. Por casualidad, me encontré el otro día con el pastor que ofició en el velorio de mi madre, el Reverendo Andrés Noneto Rodrigo. Es un viejo amigo de la familia, y al preguntarle sobre cómo estaba su salud, y me contó que, entre achaques de la vejez y la repetición de lo mismo, estaba cansado de entierros y funerales. Dijo que había oficiado en más servicios fúnebres y entierros en un año que en todos los años desde que fuera ordenado ministro, y que cada vez que regresaba de un velorio, buscaba el primer bar abierto. Un trago de whisky, la música y el bullicio de la gente le recordaba que aún estaba vivo, y que la vida continuaba—le contestó José Marte.

—Las palabras del pastor me hacen imaginar a la vida como una escalera—le dijo Carlos. —En la parte de debajo están los enfermos y los muertos amontonados, y los que estamos vivos y relativamente saludables, buscamos escalar al siguiente peldaño, esperanzados de que mientras más nos alejamos de abajo, nuestra miseria se aliviará.

—A veces me miro en el espejo, y me imagino que estoy mirando a mi padre, sentado en el parque—se lamentó José.

—¿Te hubieras sentido mejor si lo recordaras a través del ritual de una funeraria, un entierro, o de llevarle flores al cementerio?—le preguntó Carlos.

—En el funeral de mi madre, me di cuenta de algo que no había notado antes: los entierros en Nueva York son fríos, los familiares del muerto apenas lloran, especialmente durante los meses de invierno. El aire acondicionado en las funerarias es húmedo, pesado, las alfombras son viejas, desteñidas, gastadas. Los símbolos de las clases sociales no se detienen sino hasta la puerta de la misma muerte—le contestó José.

Carlos escuchaba atento, mientras José Marte le contaba que la última vez que estuvo de visita en el apartamento que su madre y su hermana compartían, en el piso 17 de un edificio público en Brooklyn, antes de entrar, tomó una bocanada del olor a sofrito que llenaba el pasillo.

El apartamento era pequeño. Una foto de *Mamá*, como todos llamaban cariñosamente a Amarilis, descansaba sobre una mesita a mano izquierda de la salita. Cuando salió, parado en la acera, José miró hacia arriba, y ahí estaba Nery, batiendo sus manos de un lado a otro, como los brazos malgastados de un parabrisas, despidiéndose del único familiar que le quedaba vivo.

Y ahí ha permanecido Nery hasta hoy, en su pequeño apartamento, acompañada de la fotografía de *Mamá*, de las memorias del padre desaparecido, del Parque Julia Buenavista, y los recuerdos de Faría y Mango Fresco.

Para José Marte, y para muchos inmigrantes, la única conexión que les queda con el lugar de donde salieron es la foto de su madre, encima de la mesa de un pequeño apartamento en Brooklyn. Las fotos desteñidas, blanco y negro, con el tiempo se tornan marrón claro. Ellas no mienten.

José Marte no puede regresar al último lugar donde vio a su madre con vida, y cada vez que deseaba ver a su hermana, la invitaba a algún restaurante de los más caros de la ciudad; la erosión del tiempo se encargó de desaparecer cualquier indicio de algo conocido, y entonces ni personas ni lugares son reales, sino sólo las memorias.

No es lo conocido lo que se busca si alguno regresara a un lugar llamado Mango Fresco, sino acallar la voz que clama desde donde sus almas fueron formadas a fuerza de tragedias. De otra manera, ser velado en una funeraria en Brooklyn, con alfombras desteñidas, acompañado de un pastor viejo y cansado, y de un número cada vez más reducido de los que salieron juntos en una odisea sin retorno, importaría poco.

Carlos entendió a qué se refería José Marte con lo de los símbolos sociales de los muertos: los rituales de un velorio, las marchas y las caravanas fúnebres, inclusive las galanterías militares, las flores y los epígrafes en el frio mármol, representan la búsqueda de dignidad de los vivos, porque a menos que la muerte sea una puerta hacia otra vida, la muerte es la indiferencia a la vida, el correr de la cortina, el fin de los simulacros.

CAPITULO IV

Para los Años De Las Vacas Flacas

—Ella bien pudo haber sido la presidenta, y no Alberto—le dijo José Marte a Carlos, recordando el día su graduación, cuando él, Alberto y Angelita desfilaron juntos por la plaza frente a la Escuela de Derecho de Harvard.

—Parecen la pareja ideal para gobernar al país. ¿No sientes algún resentimiento hacia Angelita por lo que su familia le quitó a la tuya?—le preguntó Carlos.

—Es curioso, ahora estoy más atraído hacia ella que cuando la conocí, pero no creo que ella esté al tanto de ello—le contestó José.

—¿De lo acontecido a tu padre o que aún estás enamorado de ella?—lo cuestionó Carlos.

—De ambas cosas, y no estoy enamorado de ella, dije atraído—contestó José con aire de orgullo. Haber hablado del asunto con el cliente que se había convertido en amigo, obviamente lo hizo sentir mejor.

—El presidente vendrá en un recorrido por Nueva York, Rhode Island y Massachusetts, con el fin de promover su reelección, y para recaudar fondos. Varios dueños de negocios fueron invitados a una cena en un restaurante de Manhattan. Me aseguraré que estés allí para que Alberto te conozca—le dijo el abogado, cambiando de tema.

Carlos estaba entre los invitados el día señalado. Algunos de los comensales se comprometieron a ayudar en el esfuerzo de reelección del *candidato del pueblo*, como Alberto Buenavista era conocido.

—Yo represento progreso, y liberación de la economía. Pero no lo podré hacer sin su ayuda. Amigos, necesito su ayuda y su apoyo financiero. Yo vine aquí por su dinero—dijo Alberto.

Alberto era directo y sin tapujos; otras veces era pedante, pero efectivo. Manejaba el tono de su voz como un predicador que vende sueños, a cambio de buenas ofrendas.

—El pueblo espera lo mejor, mis manos están extendidas a ustedes; juntos, alcanzaremos la cima, y nadie se quedará moribundo en el camino—dijo Alberto.

Después de la cena, Carlos fue invitado a una recepción privada con el presidente y su esposa. A pesar de estar decepcionado con la política partidaria en su país, Carlos estaba listo a cooperar, por el bien del país. Aparentemente, cuando los hijos de los que una vez fueron opresores salen de detrás las sombras de sus antepasados, es tiempo de poner las ideologías partidistas a un lado, y pensar en el bien de la nación. Carlos pensó que estaba contribuyendo al bien de la nación, cooperando financieramente con la campaña política del candidato mejor cualificado para gobernar.

Al mes siguiente, después del viaje a Nueva York, Alberto Buenavista recibió un regalo de Carlos, un auto nuevo y un baúl. En el baúl había cinco trajes de hombre de corte italiano, de colores oscuros y formales, complementados con diez pares de camisas blancas y varias corbatas, gemelos, varios pares de medias y pantaloncillos, y cuatro pares de zapatos italianos y españoles. Era un regalo para un candidato presidencial que debía presentar una imagen de *Presidente*.

José Alberto Buenavista regresó una vez más a Nueva York, antes de las elecciones, por invitación específica de Carlos.

José Marte hizo los arreglos del viaje. La campaña presidencial necesitaba un apoyo extra de dinero que Carlos estaba dispuesto a ofrecer. Se reunieron en la casa de José Marte, en Queens. Entre los presentes estaban Alberto, Manuel Segura, gerente general de la campaña presidencial, y José Rubirosa, secretario-tesorero.

Este grupo, a excepción de Carlos y José Marte, constituía la más alta jerarquía del partido. Angelita los acompañó en el viaje, pero no estaba presente en la reunión; se había ido de compras a la calle 34.

—¿De qué cantidad de dinero estamos hablando?—preguntó José Marte.

—Quinientos mil dólares—contestó José Rubirosa.

Alberto Buenavista tenía carisma y le caía bien al pueblo. Pero le hacían falta 500 mil dólares. José Marte miró de reojo a Carlos.

—Tú decides—le dijo José Martes poniéndole la mano en el hombro cuando se levantó para ir al baño.

Carlos permaneció pensativo unos momentos, sentado en su sillón. Cuando José Marte salió del baño, Carlos asintió con la cabeza, comprometiéndose a financiar la campaña presidencial de Alberto Buenavista. Estas cinco personas, más Angelita, eran los únicos que debían saber de la contribución de Carlos a la campaña presidencial de Alberto.

Ocho meses después, el día de las elecciones, Alberto Buenavista telefoneó personalmente a Carlos para darle la noticia.

—Quise llamarte personalmente para decirte que lo logramos. Aquí estamos para servirte en todo lo que se nos haga posible. Gracias.

—Felicitaciones, Señor Presidente. Nunca tuve duda de su capacidad para lograr sus metas. Adelante y buena suerte—le contestó Carlos.

La conversación fue breve y formal. Angelita estaba en el despacho presidencial. Cuando Alberto enganchó el teléfono, él le recordó cuando ella bromeando le decía frente a la estatua de bronce del joven John Harvard, que después de su graduación regresarían al país a postularse para puestos políticos, y ella sería la primera mujer en llegar a ser Presidenta de la República, Alberto iba a ser el vicepresidente, y José Martes el procurador general.

Cuando un estudiante de Harvard propone algo así, aunque sea en broma, el mundo entero lo tomaba en serio.

En un viaje subsiguiente a Nueva York, Angelita tuvo una conversación privada con José Marte. El presidente sabía de antemano de la reunión, aunque había detalles de su conversación con Angelita que José mantuvo en secreto, tanto de Carlos como de Alberto.

—Carlos es un hombre que ha triunfado en los negocios en Nueva York pero hay detalles de su trabajo que es mejor que tú no sepas—le dijo José a Angelita.

Angelita escuchaba a su amigo. Miraba fijo, sólo escuchando.

—A cambio de la ayuda ya ofrecida y recibida, sin que Carlos lo sepa, te voy a pedir un favor.

Una sonrisa afloró a los labios carnosos de la Primera Dama. Su mirada estaba clavada en los ojos de José, sus ojos eran profundos como el Mar Caribe, su mirada inquisitiva. Sus palabras eran como olas que se estrellan violentamente contra los arrecifes, seduciendo la playa con su blanca espuma. Este es, usualmente, el lugar a donde la mujer conduce al hombre, hasta la orilla, y a donde él flaquea, tropieza y cae.

—¿No quieres saber de qué se trata?—le preguntó José, rompiendo finalmente el encanto.

—Yo no dije nada—respondió Angelita.

La sonrisa de Angelita traicionó el elemento de sorpresa de José. Aunque ella sospechaba que se trataba de una fullería de su amigo, no lo expresó con palabras, sino con una sonrisa perspicaz. Cuando se ha escalado tan alto en la escalera de la política profesional, los términos fullería, trampa, robo, lavado de dinero, son reemplazados por contribución, inversiones, regalo, etc.

José Marte había estado enamorado secretamente de Angelita desde que la vio por primera vez en Mango Fresco, cuando eran niños, pero por temor al rechazo, no se atrevió a invitarla salir. Era muy tarde para eso, era el momento de resistir la tentación de decirle que ella debió ser su esposa, y no de Alberto. No había nadie más en la habitación.

—¿Por qué nunca me invitaste a salir? Yo hubiera aceptado, aunque fuera a tomarnos un café en Harvest.

Con esas palabras, Angelita lo terminó de desnudar por completo. *Asesina*, pensó él. El que se atrevió una vez a decirle a un juez en su propia sala llena de gente:

—Si Marco Tulio Cicerón estuviera vivo, ¿dónde estarían estos jueces y estas cortes?—era el mismo a quien ahora le faltaban las palabras. La fuerza Femenina lo aplastó por completo. Se sintió un abogadito. Finalmente, la risa de ambos unos segundos después cortó la tensión que colgaba en el aire. Asesina. *Sonríe, sonríe, eres una bella asesina de todas maneras*, dijo José para sí mismo.

—Necesito establecer una cuenta en Suiza, tú sabes, para cuando lleguen los años de las vacas flacas—le dijo José ya recuperado.

En ese momento, José sacó un papel del bolsillo, en el que había escrito un número de cuenta bancaria, luego sacó la llave de una caja de seguridad de un banco, envolvió la llave con el papel y se lo entregó a Angelita.

—¿Y qué te hace pensar que van a venir los años de las vacas flacas?—le preguntó Angelita, mientras guardaba la llave envuelta en el papel dentro de su cartera.

—Las vacas flacas siempre llegan—le respondió José.

—¿Y por qué no invierten en la zona colonial de la capital o en Samaná? Nuestro país tiene un gran potencial para inversionistas. Además, por los alrededores de la Catedral hay varias propiedades abandonadas, que podrían convertirse en hostales. Tú puedes ayudar a Carlos a hacer ese tipo de inversiones—le propuso Angelita.

—El dinero llegará eventualmente al país. Pero ahora mismo, está depositado en una caja de seguridad en un banco de Nueva York, y queremos sacarlo del país—le dijo José.

El lunes por la mañana, se hicieron las transferencias al banco que maneja las cuentas del Estado, y de ahí fueron dirigidas a un banco en Suiza, con una clave a la que sólo Angelita tenía acceso. Como la cuenta no estaba registrada bajo un nombre, sino con una numeración, Angelita no tenía que declarar o reportar nada al fisco. El dinero estaba lavado. ¿El precio de lavandería? Diez por ciento.

Entre José y Angelita había suficiente confianza para creer que uno no iba a traicionar al otro. A pesar de que habían hecho este acuerdo a espaldas de Carlos y de José Alberto, lo cual tenía una apariencia de traición, ambos tenían las mejores intenciones de proteger los intereses de ambos.

Para Carlos, todo marchaba bien, el mejor coñac, ropa de diseñadores, clubes exclusivos, los puros, los mejores asientos en el Carnegie Hall y el Madison Square Garden.

¿Quién lo diría? Carlos conquistó el pauperismo, cruzó el río profundo, nadando contra la corriente cuando tenía catorce años de edad, sobrevivió a un naufragio que reclamó la vida de ocho personas en el Canal de la Mona, llegó indocumentado a Nueva York, empezó su negocio de distribución de narcóticos en Washington Heights, y en pocos años, amasó una fortuna de casi cincuenta millones de dólares sin ser ni siquiera residente legal. Según su abogado, le faltaba una cosa.

—¿Para qué necesito ser residente legal?—le preguntó Carlos. —Salí de mi país con la intención de no regresar, y después de siete meses, regresé, y no tuve problemas en inmigración.

—Te aconsejo que te cases. La pregunta es si estás dispuesto a revelarle a tu a tu esposa de dónde viene el dinero que tienes.

—Ella no tiene que saber nada. Además, para el tiempo que pudiera enterarse, me habré divorciado, y ya está. Legalmente, yo no tengo nada, ¿cierto?—le contestó Carlos.

—Eso es precisamente lo que he tratado de decirte desde hace tiempo. Todo depende ti, del estilo de vida que adoptes cuando estés viviendo con ella: restaurantes caros, ropa de última moda, shows de Broadway, ¿quieres que continúe? Las mujeres son más astutas de lo que te imaginas. Recuerda que fue el útero trágico de la *sierva* sumisa del Señor que trajo al Hijo de Dios a sufrir al mundo—le dijo José Martes, y enseguida le preguntó:

—Tengo una prima. ¿Quieres que te la presente?

—No, gracias. No hace mucho bailé con la mujer más bella del mundo.

—¿Cómo se llama?

—¿Cómo se llama quién?

—La mujer con quien te vas a casar—le dijo José.

— Ni siquiera sé cómo se llama. Tampoco sé si me voy a casar con ella. La vi una vez. Con un poco de suerte, la veré esta noche. Cuando te vea la próxima vez, te contaré—le confesó Carlos.

—No me cuentes—le dijo José.

—*Adieu*, como dijo Lilís la noche que salió del batey hacia la capital para asumir la Presidencia de la República—dijo Carlos, mientras salía del despacho del abogado.

—Cuidado, Ulises fue ajusticiado cuando se preparaba para ir a recoger un préstamo para financiar la deuda del Estado—le dijo el abogado.

—Yo regresaré. Yo siempre regreso—le contestó Carlos con aire de seguridad y arrogancia.

CAPITULO V

LA TRAGEDIA DE EURÍPIDES

Era una noche caliente y húmeda de verano en Nueva York. Carlos, Rafi y Papi fueron a ver y a bailar con la orquesta de Raulín, en su club latino favorito, El Copacabana, localizado entonces en la calle 57. Ahí estaba Ciara. Bailaron juntos toda la noche.

Alrededor de las tres de la mañana, se despidieron en la esquina de la avenida 11 y la calle 57. Carlos le dio instrucciones al chofer que lo llevara al apartamento donde el sastre, Juan el Negro, estaba cortando la coca, preparándola para la distribución. Se supone que el Negro cortara dos kilos que Carmelo le iba a llevar esa noche.

Dos años antes, cuando el Negro llegó a vivir a Nueva York, Rafi le había prometido a Antonia que iba a ayudar a su padrastro en lo que pudiera. Pero Rafi odiaba al Negro desde que era niño, cuando su madre lo conoció en una fiesta.

Esa madrugada, cuando salieron del Copa, Carlos quiso detenerse en el apartamento por un momento para ver cómo estaban las cosas. Cuando entraron, hallaron a Carmelo tirado en el piso, boca arriba, sangrando por la parte de atrás del cuello. La habitación olía a pólvora.

—Calibre 22. A quema ropa—dijo Rafi al examinar la herida.

Carmelo estaba consciente, diciendo que no sabía lo que había ocurrido. La bala lo había paralizado. No podía moverse ni levantarse ni podía explicar por qué estaba tirado en el piso. Carlos trató de ayudarlo a recordar, y le preguntó dónde estaba el paquete que el Negro le había entregado. Carmelo empezó a hablar incoherencias. Si no recibía ayuda médica pronto, moriría.

—¿Dónde está el Negro?—le preguntó Carlos.

—No lo sé, jefe—contestó Carmelo antes de entrar en estado de inconsciencia.

Carlos y sus dos tenientes limpiaron el apartamento, y no hallaron la cocaína. El *sastre* se había llevado la mercancía. Desde que entró al apartamento, lo primero que pasó por la mente de Carlos fue que Carmelo había sido cómplice con el Negro en su propio asalto, pero que el Negro, pensando que lo había matado, decidió correr.

En la habitación contigua, había manchas de sangre, que no parecían ser de Carmelo. Rafi y Papi sacaron al herido hasta la calle. Con mucha cautela miraron para ambos lados, y desde un teléfono público de la esquina, llamaron al 911. Luego, se fueron al apartamento de la calle 154, y allí planearon su próxima jugada. Cuando entraron, se sentaron, y empezaron a maldecir, preguntándose cómo Juan el Negro pudo haber hecho tal cosa. Carlos mantuvo su compostura, estaba en control de sus nervios, pero se veía visiblemente indignado.

Mientras Rafi y Papi habían prácticamente pronunciado la pena de muerte de Juan, Carlos no lo mencionó ni siquiera una vez por su nombre. Era claro que estaba agonizando ante la idea de matar a un amigo. La palabra muerte nunca se emplea en situaciones como estas. Una mirada, un gesto, un vamos a buscarlo, basta.

—Vamos a buscarlo, pero no hoy, mañana, dejemos que se rompa la noche—dijo Carlos finalmente. Si no lo buscaban, las consecuencias podían ser peores. El beeper de Rafi sonó de pronto. El número que aparecía en la pantalla no le era familiar.

Carlos ordenó que contestara. Rafi fue a la calle a llamar desde el teléfono público. Unos minutos después, subió al apartamento diciendo que el mensaje era de Juan, que estaba en la sala de emergencia del hospital San Vicente. Juan le dijo que cuando Carmelo entró al apartamento alrededor de las once y media de la noche, un tipo lo tenía encañonado con un revólver calibre 22, que forzó su entrada detrás de él, y que después de dispararle a ambos, salió corriendo con la mercancía.

Ninguno de los tres le creyó.

—Este pendejo se disparó a sí mismo en la pierna, se dio a la fuga, e inteligentemente, se hospitalizó, dejando a Carmelo por muerto—dijo Rafi indignado.

Después de haber sido intervenido quirúrgicamente para remover el plomo que tenía en la pierna, Juan le dijo a la policía que había sido víctima de un asalto a mano armada en la avenida Saint Nicholas y la calle 168. Un mes después, recuperado totalmente de la herida, Juan, alias el Negro, planeaba su salida del país el próximo día, un domingo por la mañana. Siendo puestos en aviso de sus planes, Carlos, Rafi y Papi, acompañados de dos amigas, Rosa y Sofía, lo hallaron el sábado por la noche en la discoteca *Fuego Fuego*.

Juan estaba parado en el bar, de espaldas a la entrada, tomándose una cerveza. Nervioso, de vez en cuando miraba su reloj de pulsera. Rafi y Papi lo vieron primero, y se acercaron donde él estaba. A la mano derecha de Juan estaba Rosa, y a la derecha de ella, Rafi. En una mesa, no lejos del bar, estaban Carlos y Sofía, tomándose unos tragos. Directamente detrás del Negro, estaba Papi. Juan quedó acorralado entre la pared a su izquierda y Rafi a su derecha.

Que paren el reloj, que suban esa música, que apaguen esa luz, que quiero bailar contigo.

El sonido de la música hacía que el corazón palpitara cada vez más rápido. Los vasos y las copas enganchados encima del bar chocaban. Para entonces, Juan sabía que Carlos estaba allí, aunque no lo había visto. No dijo nada. Sólo miraba de reojo, con ojos saltones y asustados. Uno de los porteros de la discoteca, un moreno de más de seis pies de estatura, con gran musculatura, miraba sospechosamente desde la distancia, pero no hizo ningún intento de intervenir. Juan hizo un ligero movimiento. Media vuelta.

Que paren el reloj.

Miró su reloj de pulsera por última vez. No vio la mano de Papi elevándose poco a poco, siguiendo las curvas de la chica que estaba parada a su lado.

El crescendo. La mano que se elevaba.

Que suban esa música.

Pulso firme. En un santiamén, el demonio de acero frío, calibre 38, vomitó fuego. Un sólo disparo en la parte posterior del lado de la cabeza, detrás del oído derecho.

Que apaguen esa luz...

La música decrecía, y el cuerpo de Juan se desplomaba lentamente. Ninguno de los que estaban alrededor del bar se dio cuenta cuando el cuerpo quedó postrado debajo del mostrador, entre dos sillas. El ruido de la vida enmudeció la tragedia de la muerte. El portero moreno tomó el cuerpo inerte por los pies y lo arrastró por las escaleras. La cabeza del muerto producía un sonido sordo, martillando cada grada al bajar. Lo sacó hasta la acera, a veinte pies de la entrada de la discoteca. Media hora después, cuando llegó la policía, se encontraron simplemente con un cuerpo tirado en la acera. Nadie vio nada ni sabía nada ni dijo nada. Tampoco hubo arrestos. La fiesta arriba continuó.

...que quiero bailar contigo.

Quince minutos más tarde, Rafi llamó al chofer:

—Vamos bajando.

El Lincoln Town negro viró hacia la avenida Broadway y en menos de un minuto neoyorquino, desapareció con sus pasajeros. Eran las 3:30 de la mañana. Al siguiente día, Carlos buscó en la Prensa, el Daily News y el Post, pero no publicaron nada de lo sucedido.

La noticia de la muerte de Juan no había sido publicada en ninguno de los diarios de la ciudad. Carlos buscaba una confirmación de lo acontecido la noche anterior, de que su torcido sentido de justicia había sido mitigado. Entonces tuvo una idea. Contactó al dueño de una funeraria de Bushwick, y le pagó para que reclamara el cuerpo de Juan, y dijera al médico forense que un donante anónimo había pagado los gastos funerarios para regresarlo a la Isla.

Un día antes del viaje, Carlos llegó a la funeraria, con Rafi y Papi, llevando un traje, una camisa blanca, una corbata, y un paquete bien envuelto en una bolsa plástica de color negro. Después de todo, Juan sería útil, aún en la muerte. Después de una breve conversación, el gerente de la funeraria cerró el féretro y lo preparó para transportarlo al aeropuerto.

Una semana después, decenas de amigos de los que se habían criado en Gualey, en el 27 de Febrero y Villa Juana, se juntaron en el velorio, Ramón, Juan Boruga, Cándido el Brujo, Pedro el Torcío, Timoteo, Carmelita, Moncho Minotauro, Santiago, Roberto el Guasón, Pascual, el de la Loma del Chivo. De Nueva York, llegaron Tomasa, la hija de la dueña de la casa de citas, Rafi, Papi, Cristóbal, Guaro, Samuel el Enano, David el Sargento, Miguel y Rolando Colo Solano. Aconsejado por José Marte, Carlos no los acompañó.

La funeraria Pax de la avenida Charles-de-Gaulle estaba abarrotada de bote a bote de amigos, vecinos y familiares que vinieron a expresar sus condolencias a Antonia.

El predicador se levantó en medio de todos, y dijo:

—Una vida cortada de la tierra de los vivientes antes de su tiempo. Salió de su tierra en busca de una mejor vida para su familia y se encontró con el frío de la muerte en la gran ciudad. Alma sedienta. Alma triste. Navegando sin puerto seguro, siempre en alta mar.

El predicador luego procedió a contar la siguiente anécdota:

—En una de sus reuniones, el famoso predicador Moody contó la historia de un naufragio una noche oscura y tempestuosa. No se veía ni una estrella. El barco se estaba aproximando al puerto de Cleveland. El capitán, notando que sólo había una luz en la distancia, conforme se acercaban a tierra, preguntó al piloto si estaba seguro de que era el puerto de Cleveland, porque deberían estar encendidas otras luces en la boca del puerto.

—El piloto contestó que estaba seguro que ese era el puerto de Cleveland, a lo que el capitán replicó:

— ¿Dónde están las luces de abajo? Se han apagado, señor—contestó el piloto.

—Entonces, ¿podrás llegar al puerto?—preguntó el capitán.

—Tenemos que llegar, señor, o perecemos respondió el piloto.

Al final de la homilía, Febe Apolonia, la primogénita del pastor, y sus tres hermanas, se pararon ante el féretro, y cantaron el famoso himno del cantautor americano P. P. Bliss.

La merced de nuestro Padre es un faro en su brillar.
Él nos cuida y nos protege, con las luces de alta mar.

Coro
Mantened el faro ardiendo, arrojad su luz al mar, que si hay nautas pereciendo, los podréis así salvar.

Reina noche de pecado, rugir la negra mar, almas hay que van buscando esas luces de alta mar.

Coro
Mantened el faro ardiendo...

Todos estaban asombrados de la belleza de Febe Apolonia, hecha toda una mujer. Los muchachos la recordaban como la niña de largas pestañas, piel canela y grandes ojos, con uno de sus incisivos quebrados.

Sentada en una silla cerca de la cabecera del féretro, Antonia lloraba.

—¡Ay!, mi negrito. ¿Y ahora qué voy a hacer sin ti? Por favor, que alguien me ayude, que me duele, aquí, en el pecho.

Antonia se hundía el pulgar en medio del pecho, llorando desconsoladamente, a pesar de que el Negro había sido abusivo con ella desde que la conoció, y que como era del conocimiento de todos, le fue infiel con una mexicana, con la que se fue a vivir desde que llegó a Nueva York.

—¡Ay!, Diosito, ayúdame. Señor, dame fuerzas para soportar este dolor tan grande. Si tú voluntad fue llevártelo, ¿qué puedo yo hacer? ¡Ay!, ¡ay!, ¡ay!—seguía el dramático deprecatorio.

Mientras más amigos venían a darle el pésame, más fuerte lloraba Antonia. Unas vecinas intentaban consolarla. Las otras mujeres lloraban en silencio. Una la ayudó a levantarse de la silla, alejándola del ataúd para ver si dejaba de llorar.

Otra le trajo una taza de té de jengibre. Rafi se acercó. Se mantuvo en silencio unos minutos. Sus ojos se humedecieron. Los demás miraban desde la distancia.

—¿Por qué traicionaste a Carlos?—preguntó Rafi en voz baja, mirando al difunto fijamente.

En un salón contiguo, algunos de los muchachos hacían chistes, y jugaban 21, con un juego de barajas que Pedro el Torcido cargaba siempre en el bolsillo. Timoteo, Carmelita y Cándido, miraban. Cándido propuso un juego de una sola ronda. El que menos puntos sacara, debía hacer lo que el ganador dijese. Todos estuvieron de acuerdo. Rafi y Papi llegaron para unirse al juego. Los demás muchachos que estaban afuera, y los que estaban en salón con el muerto y la familia, empezaron a arremolinarse alrededor, cada uno esperando su turno para jugar.

Una botella de ron pasaba de mano en mano, como en los viejos tiempos. Los que habían viajado de Nueva York sentían que habían llegado a casa, donde los juegos, adivinanzas, cuentos, chistes, el té de jengibre, el café negro, las galletitas, el queso y el salchichón eran parte de la tradición de los velorios en el barrio. Las apuestas eran tomadas en serio. El primer juego fue entre Cándido y Timoteo. Timoteo perdió.

—¿Y entonces?—preguntó Timoteo.

—Que le des un beso en los labios al muerto—demandó Cándido.

Timoteo se paró, y se dirigió al salón donde estaba el muerto. Todos lo siguieron.

—Yo tengo que ver esto—dijo Tomasa mientras se abría paso a codazos. Timoteo se paró frente al ataúd, y le dio un beso en los labios fríos y descoloridos al muerto.

Indignada, Antonia empezó a llorar más fuerte. Algunos de los presentes se hicieron la señal de la cruz.

—Jesús santísimo. Ese es un sacrilegio, una falta de respeto—dijo la mujer del Mayor Corporán. Los muchachos regresaron a la mesa del juego en el otro salón. Le tocó a Boruga jugar contra Cándido, y perdió. Al final de la noche, Boruga se fue a su casa descalzo.

Minotauro se sentó a jugar contra Cándido, y perdió. Su penalidad: tomarse un cuarto de botella de whisky. Tres minutos más tarde, Cándido daba tumbos por todas partes, y terminó arrastrándose hasta la caja del muerto, insistiendo que era tarde y que debía irse a acostar, pero que primero debía despedirse del difunto.

Papi y Tomasa lo tomaron de los brazos, lo sentaron en una silla, y formaron un pequeño espectáculo: para poder mantenerlo sentado en la silla, Tomasa lo sentó en sus piernas. Algunos se reían, otros estaban indignados. Mientras más lo trataban de sujetar, más se violentaba Cándido.

En un momento, los tres perdieron el balance y chocaron contra el ataúd, haciendo que el muerto cayera en el piso. Los que estaban afuera corrieron para ver lo que estaba sucediendo. Antonia cayó al piso desmayada, y en el corre, corre que siguió, la atropellaron, y tuvieron que llevarla al hospital de emergencia en el coche fúnebre. Los muchachos que jugaban barajas, entraron para ver el cuerpo del Negro tirado en el suelo.

Las coronas de flores estaban regadas por todas partes. En la confusión, alguien gritó que el muerto había abierto los ojos, y que estaba pidiendo sopa y un trago de ron. Los que estaban dentro se atropellaban intentando salir, y los que estaban en la acera, corrían en la dirección contraria.

Cuando todos salieron a la calle, Rafi y Rolando ayudaron al propietario de la funeraria a cerrar las puertas, y de un compartimiento secreto debajo del ataúd, Rafi retiró los dos kilos de cocaína que Carlos había escondido en dos bolsas. Luego, los tres ayudaron al gerente de la funeraria a colocar el cuerpo del difunto en su lugar.

En ese tiempo, la vigilancia y la seguridad en los aeropuertos no eran tan estrictas, y muchos muchachos entraban por el aeropuerto Kennedy, cargando cocaína en sus valijas de mano en el avión. Los pocos que eran detectados, como fue el caso de Ruperto y Alejandro, formaban parte de raras estadísticas, y fueron descubiertos por registros al azar o simplemente por la mala suerte. Por otro lado, cada mes llegaban al aeropuerto Las Américas decenas de ataúdes de hombres jóvenes, víctimas del tráfico ilegal de drogas, la mayoría baleados y apuñalados.

Ante el alarmante número de ataúdes que llegaban mayormente de Nueva York, a alguien se le ocurrió la idea de incluir a los muertos en el negocio del narcotráfico, ¿por qué no?, y con ese fin, algunas de las cajas eran equipadas con compartimientos secretos, delgados, en la parte de abajo, donde cabían fácilmente varios kilos de coca.

Al día siguiente del entierro, en la terracita del hostal Maison Guarionex, frente al Parque Eugenio María de Hostos, Rafi y Papi desayunaban mientras leían la edición matutina de El Diario. En una esquina de la portada había un encabezamiento en el que se leía: "Titingó en funeraria de la avenida Charles-de Gaulle."

En la página de adentro, el artículo informaba que Juan, alias el Negro, había cruzado el Canal de la Mona hasta Puerto Rico, y que de ahí, había llegado hasta Manhattan. El Negro había muerto baleado en un club en Washington Heights.

Eurípides, un reportero de El Listín de Hoy, en su columna *La Tragedia*, había escrito una serie de artículos acerca del número alarmante de jóvenes, hombres y mujeres, que arriesgaban su vida cruzando el Canal de la Mona, en busca de un futuro mejor, sólo para encontrar finalmente la muerte en las calles de Nueva York.

Mientras desayunaban, Rafi recordó las palabras del predicador de la noche anterior en la funeraria. Después del suicidio de su hermana Dolores años antes, los únicos familiares de Antonia eran el Negro y Rafi, y los dos vivían en Nueva York. Ahora, con la muerte del Negro, Antonia sólo contaba con el apoyo del hijo que vivió resentido con ella toda su vida, por haber sido una cómplice silenciosa de los maltratos a los que el Negro había sometido a su familia, especialmente a él y a su hermana cuando eran niños.

El resentimiento que Rafi sentía contra el Negro no tenía igual. Un día, le entregó dos kilos de coca sin cortar, sabiendo que la policía había acordonado la cuadra del edificio a donde se supone que lo debía entregar. Todo el tiempo que el Negro trabajó bajo su mando, Rafi procuró dos cosas: su encarcelamiento en una prisión federal por muchos años o su muerte. Pero por la promesa hecha a su madre, no se atrevió a tocarlo, hasta que el Negro traicionó a Carlos.

La *Tragedia* de Eurípides era una ocurrencia diaria: una madre llorona, niños huérfanos, padres que no regresan, ropa nueva para la joven viuda, un narco leal a su jefe viajando en primea clase y tomando coñac fino.

CAPITULO VI

LA ADORMIDERA

Cuando Rafi y Papi regresaron a Nueva York, Carlos les comunicó que pensaba invertir su dinero en negocios legítimos, pero que tenía que hallar una forma de hacerlo. Les dijo que había llegado el tiempo de cambiar de estatus, de estrategia, de sentido de dirección, implementación, adaptación y cambios.

Los muchachos le aconsejaron que consultara con su abogado. Era tiempo de hacerle caso a los consejos de José Marte. Un sábado por la noche, mientras pensaba en estas cosas, alrededor de las ocho, recibió la llamada de Rafi:

—Fernando Villalobos se va a estar presentando esta noche en el Copacabana. ¿Quieres ir? Rosa y Sofía nos acompañarán—le dijo Rafi.

—No pensaba salir esta noche, pero llámame dentro de dos horas—le respondió Carlos.

—Okey—le dijo Rafi.

Rafi volvió a llamar alrededor de las diez.

—Ven a buscarme a las once y media—le dijo Carlos.

Desde que entraron al club, le atrajo la atención una mujer que estaba sentada de espaldas hacia él, en una mesa a la derecha de ellos, cerca de la pista de baile.

Estaba acompañada de dos personas. Era Ciara: estatura mediana, vestida con un traje de color azul, con un lazo mediano encima de un borde que le bajaba en forma de arco hasta la mitad de la espalda. Sus cabellos oscuros le cubrían un poco más arriba de los hombros; sus ojos brillaban entre el humo de los cigarrillos. Calzaba zapatos de mediana altura, los dedos de los pies parcialmente expuestos, un brazalete de oro fino en el tobillo izquierdo.

Rafi lo alentaba a ir a donde ella estaba. Decidió esperar; quizá andaba acompañada de alguien. Finalmente, sus vistas se encontraron. Después de un intercambio de miraditas y gestos, Carlos le hizo señales invitándola a bailar. Ella asintió.

Después de bailar unas cuantas piezas, Ciara lo invitó a su mesa, dando lugar a un corto diálogo. Rafi y Papi miraban desde la distancia, bailando con Sofía y Rosa, sin descuidar sus responsabilidades de guardaespaldas.

—Estas son mis primas, Genoveva y Canela—le dijo Ciara.

—Mi nombre es Carlos.

—¿Dónde vives? Creo que fue la pregunta que prometiste contestarme cuando nos despedimos la última vez que nos vimos—le dijo Carlos a Ciara, mientras sus primas bailaban en el centro del salón. Genoveva y Canela, hijas de Sabino Genao, secretario del Departamento de Inteligencia Militar (DIM), estaban de visita ese verano en Nueva York, celebrando su graduación de la universidad. El guardaespaldas que las acompañaba miraba desde un rincón del salón.

—En Brooklyn. Vivo en Brooklyn—le dijo Ciara a Carlos

—¿Estudias, trabajas?—le preguntó Carlos.

—Hace poco empecé mi propio negocio de decoración de interiores—le contestó Ciara.

—Felicitaciones—le dijo Carlos.

—Gracias. Cuando nos conocimos y te dije mi nombre, noté una expresión de sorpresa en tu rostro. ¿Te sorprende que mi nombre sea Ciaa, y que estudie decoración de interiores?—preguntó Ciara.

—Es que estaba pensado en la *ci-ai-ey*—le dijo Carlos con una sonrisa.

—Sí, casi todos me dicen lo mismo. Excepto que cuando mis padres escogieron mi nombre, no estaban pensando en la Agencia Americana de Inteligencia, sino en lo opuesto a *ciao,* que quiere decir a*diós.* Mis padres eliminaron la *o* y le añadieron una *a,* para que tuviera una terminación femenina.

Yo le añadí la *r* entre las dos "a", y todos me conocen por Ciara, pero para mis padres, sigo siendo Ciaa. Los hijos se van, las hijas se quedan. ¿Sabes por qué?—le preguntó Ciara.

—La verdad, no lo sé—contestó Carlos.

—Las hijas eventualmente llegan a ser madres, y los hijos, incluyendo a sus hermanos, regresan a donde ellas—dijo Ciara.

—Eres una persona interesante; me atrae la manera en que piensas—le dijo Carlos.

—¿En qué crees tú?—le preguntó Ciara.

—En mí mismo, y en un poco de suerte—respondió Carlos.

—Mi profesión es mi vocación. Si uno logra combinar colores, luz y sombras con energía, calor y espacio, el resultado es una especie de síntesis que revela la Vida, la vida se manifiesta a través de las cosas, como las flores. Sólo hay que acercarse a las plantas para descubrir esta verdad. ¿Has escuchado la historia de la Flor de Oro?—preguntó Ciara.

—Muy interesante. ¿Puedes decirme más acerca de la fuerza femenina y qué es la Flor de Oro? ¿Cómo se relaciona *ella* con decoraciones de interiores, por ejemplo?

—La fuerza femenina se refiere a la forma obstinada de la vida surgir en circunstancias que perecen imposibles, aunque a veces ella misma se muestre vestida de belleza y fragilidad, como en el mito del Secreto de la Flor de Oro. La Flor de Oro no domina, sino que transforma. Ese es su inalterable destino, por tanto, si alguno intentara dominarla o alterar su destino, *ella* termina destruyéndolo todo, dando paso a un nuevo ciclo de Vida en toda su fenomenología.

¿Será posible? ¿Será posible, pensó Carlos, *que yo haya encontrado a la mujer de mis sueños, en un night club?*

Para él, los que frecuentaban night clubs eran personas vacías, solitarias, como él, que iban en busca de algo, y que de ahí salían a un motel o a un *after-hours,* usualmente acompañado de la persona equivocada.

—¿Será posible?—inquirió Ciara en voz alta, como si estuvieran comunicándose telepáticamente. Su sonrisa mostró unos dientes delicados y blancos, ligeramente separados.

Bailando y conversando, la noche se tornó en madrugada. En un momento, Carlos cerró los ojos, y la olió. Entonces supo que estaba cerca. La vista decepciona, y para conocer la verdad encarnada en una flor, hay que acercarse y olerla.

El sábado siguiente cenaron en el Sparks Steak House. Los acompañaban Genoveva y Canela. Las muchachas iban a regresar a su casa al día siguiente.

La amistad entre Ciara y Carlos fue formalizándose con el tiempo. Iban frecuentemente al cine, otras veces a Broadway, a ver a los cantantes latinos que se presentaban en el Carnegie Hall o el Madison. A veces pasaban la noche en algún hotel de lujo de la ciudad. Una noche, la llevó a su lujoso apartamento en un edificio localizado en la calle 95 y Riverside Drive.

A las personas de *color*, aunque tuvieran dinero, no les vendían propiedades en algunos coops y condominios en vecindarios exclusivos de la ciudad. Para poder comprar, contrataban los servicios de americanos blancos, los cuales asumían la identidad de los verdaderos compradores. Fue así como Carlos compró su apartamento en el lujoso edificio. Cuando Ciara entró, quedó asombrada con el espacio, los ángulos, los accesos de luz, las ventanas y el jardín dentro del baño.

—¿Qué piensas?—le preguntó Carlos.

—Que el lugar necesita muy poco para que sea acogedor y caluroso.

—Okey, ¿cuándo empiezas?—le preguntó Carlos, sin estar seguro de cuál sería la respuesta.

El piso de madera brillaba debajo de sus pies. Ciara no decía mucho, solamente admiraba los espacios, y con su mente, calculaba y medía las distancias. No había muchos muebles. En el primer salón, a la entrada, había una antesala con dos mesas de caoba, una a la izquierda y la otra a la derecha. A ambos lados de la antesala, había dos grandes closets para abrigos, sombreros y parasoles.

Directamente al frente, una entrada en forma de arco conducía a la sala donde había un sofá, un centro de entretenimiento; al fondo a la izquierda, una gran hoguera hecha de piedras negras, parecida a un altar, dominaba el espacio. En las paredes restantes había varias pinturas originales de Vincent van Gogh, Diego Rivera y Botero.

Una gran ventana daba acceso a una hermosa vista al río Hudson. En noches claras, las luces del puente George Washington titilaban como pequeños duendes suspendidos en el aire. Pasando la sala estaba el comedor, en el centro, una mesa larga, ligeramente ovalada, de madera de caoba con doce sillas talladas a mano. Por último estaban la cocina modernamente equipada, el baño y finalmente, el dormitorio.

En el baño había un jardín que cubría completamente una de las paredes con flores de diferentes familias de plantas exóticas, magnolias y dalias. En el dormitorio había una cama de caoba, de pilares, cubierta con un mosquitero de lino finísimo que colgaba de una de las vigas de madera del techo.

Ciara estaba encantada. Los dos sabían que el lugar carecía de calor humano. Estuvieron conversando y compartiendo hasta altas hora de la madrugada. Nadie había estado tan cerca del mundo íntimo de Carlos. Él no confiaba en ninguna mujer ni en ninguna persona. Sin embargo, aunque no la conocía del todo, Ciara le parecía diferente. Ella había tocado algo en él que le había permitido vislumbrar las luces que irradiaban de sus ojos. ¿Había llegado el momento de llegar al puerto a entregar su carga? No estaba seguro pero decidió bajar sus defensas. Ciara le contó que era hija de un ministro metodista, y que durante sus años de estudiante en la universidad vivió un período de rebeldía contra sus padres, y había abusado de las drogas, crisis que logró superar con ayuda profesional y el apoyo de sus padres.

Dos días después, Carlos tuvo una conversación con su abogado en su despacho.

—¿Estás seguro que Ciara es la mujer de tu vida?

—Sí. Le voy a decir todo, como ella lo hizo conmigo—le contestó Carlos.

—¿Todo? Eso quiere decir que la relación entre ustedes es más seria de lo que tú mismo pensaste—le dijo José sorprendido.

—No me imaginé nada—le contestó Carlos.

—Bueno, no fue lo que escuché cuando me dijiste que te ibas a casar—le dijo José Marte.

Carlos le guiñó un ojo al abogado, y se levantó para salir.

—¿Te vas a casar y eso es todo?—le preguntó el abogado, incrédulo aún.

La puerta se cerró detrás de Carlos, y no terminó de escuchar lo que le dijo José Marte:

—Como dicen en mi barrio: no te desboques.

Poco a poco, Carlos comenzó a decirle a Ciara acerca de su negocio, sin contarle todos los detalles. Ella le confesó que había tenido sospechas desde el principio y sentía miedo. Él le aseguró que todo iba a estar bien.

—De vez en cuando tengo que viajar, y a los lugares a donde voy no podrás acompañarme. Pero te prometo que no te faltará nada. Un día de estos iremos a conocer a tus padres a New Jersey—le prometió Carlos.

Carlos también le dijo que no era residente legal, y que de aceptar su propuesta de casarse, una de las primeras cosas que debían hacer era someter una aplicación al departamento de Inmigración y Naturalización para conseguir su residencia.

Ciara aceptó sin pensarlo mucho. Además del amor que sentía por él, estaba deslumbrada por los regalos de Carlos: la ropa de diseñadores de última moda, las joyas, los choferes, los restaurantes, las noches de night clubs, y el respeto dentro del círculo de amigos íntimos de Carlos. Los shows de Broadway, los tickets a los conciertos de los mejores artistas en el Madison Square Garden y el Central Park. Todo era irresistible.

José Marte los casó en su oficina con una simple ceremonia. Rafi y Rosa fueron los testigos. No mucho tiempo después, el apartamento de la calle 96 y Riverside Drive fue transformado por la mano decoradora de Ciara. Había arreglos florales en todos los ambientes; unos cuantos espejos añadían la impresión de espacio a las dimensiones de los cuartos.

Ciara amaba las flores y las plantas, y de entre la familia *Papaverácea,* su favorita era la *Setigerum.* El surrealismo se conjugaba en las diferentes expresiones artísticas, aún en la localización y posición de los muebles y los otros objetos.

En la cama y en la mesa, era también una artista, soberbia, creativa, sin tabús, y con unas manos maravillosas para la cocina gourmet.

Seis meses después de haberse casado, llegó la notificación por correo de que la petición de residencia legal de Carlos había sido aprobada. Las peticiones de residencia eran usualmente aprobadas en menos de un año, algunas en seis meses. Ese mismo día, Carlos estaba de viaje en Cleveland, y Pedro y Zoila, dos amigos de Ciara, la habían visitado al apartamento.

Carlos llegó alrededor de la 1:30 de la mañana del martes. Rafi y Papi lo acompañaron hasta la puerta del apartamento en el octavo piso, mientras el chofer los esperaba frente al edificio. Ciara dormía. Después de un rato, Carlos salió al pasillo y les hizo señas con el dedo que hicieran silencio, invitándolos a entrar. Una vez dentro, en un susurro, les dijo que vinieran al dormitorio. Los tres entraron, y empezaron a cantar:

—Cumpleaños feliz... estas son las mañanitas que cantaba el rey David...

Ciara movió la cabeza ligeramente, pero no abrió los ojos. Cada uno tomó turno para felicitarla en su cumpleaños, y para entregarle regalos. Rafi sacó un sobre amarillo, con diez mil dólares, y lo puso a la orilla de la cama. Junto al sobre, Papi colocó un anillo de oro que había encargado a un joyero, adornado de diamantes, ámbar y larimar. Cuando Rafi y Papi se marcharon, Carlos se disculpó con Ciara por haber llegado tan tarde.

—El vuelo se retrasó dos horas. Mañana saldremos a celebrar tu cumpleaños en nuestro restaurante favorito—le prometió Carlos, mientras se desvestía.

Ciara seguía dormida, moviendo ligeramente la cabeza de un lado a otro. Carlos no intentó despertarla, tampoco notó el libro de Jean Cocteau a su lado, abierto en la página con el poema titulado, *Opio: El Diario de un Adicto.*

Decirle a un fumador en estado continuo de euforia que se está degradando equivale a decirle a un pedazo de mármol que está siendo deteriorado por Miguel Ángel, a un pedazo de tela que está siendo manchado por Rafael, a una hoja de papel que está siendo emborronada por Shakespeare o al silencio que está siendo interrumpido por Bach.

Cuando Carlos se acostó al lado de Ciara, la vela solitaria en el centro del pequeño pastel encima de la mesa de noche se había extinguido. De entre las páginas del libro, la Adormidera saltó y se colocó entre ambos, debajo de la sábana de lino. La que sin tener boca habla, sin ojos mira, y sin hacer ruidos entra, la tomó entre sus brazos, y la invitó a seguirla.

No digas nada, duerme, duerme, el sueño de los amantes, envuelta en el velo de los que despiertan al crepúsculo de una mañana sin sol. Sólo Orfeo puede interrumpir el castigo de las Furias en la Casa de los Tormentos. Vamos, caminemos sobre las negras aguas del Canal de Gowanus.

Carlos no sabía que Ciara oscilaba entre la vida y la noche oscura de la muerte. Al día siguiente día, la ambulancia se desplazaba a toda prisa hacia el hospital Bellevue. El sonido de la sirena rebotaba de las paredes de los altos edificios.

—No sabía que la dosis era tan potente—le dijo Pedro a Carlos. Más que una explicación, Pedro suplicaba por su vida en el estacionamiento del hospital.

—Discúlpame. No lo sabía—le suplicó. El rostro de Pedro se puso pálido. La ceniza de la muerte cubrió sus labios temblorosos.

—Tú sabías que Ciara había tenido problema con la heroína. ¿Por qué? ¿Por qué se la trajeron?—le censuró duramente Carlos, a punto de explotar. Pero se controló. Era tiempo de aceptar la tragedia, no de causar otra.

—Carlos, créeme que desde que te conoció, Ciara dio un cambio total. Pero en las últimas dos semanas, nos insistió que conseguiría la *manteca* ella misma. Y para no verla en la calle... Disculpa—suplicaba Pedro.

—Es mejor que me hayas dicho esto personalmente, y no que me haya enterado por medio de otra persona. Ni a ti ni a Zoila los quiero cerca de ella, ni de mi casa; no quiero verlos jamás. ¿Lo entiendes?—le dijo Carlos muy enojado.

—Entiendo—le dijo Pedro escapando de las garras de la muerte.

Ciara estuvo en el hospital una semana, y de ahí ingresó a un programa de desintoxicación. Carlos entendió que no fue Pedro, ni la mezcla de heroína con alcohol la que casi le quita la vida a su amada, sino la estela de destrucción que él había dejado al pasar, la cual había llegado hasta su puerta. Él era el culpable. Ciara colocó las amapolas encima de la mesa de noche, pero fue él que invitó a la Adormidera a su dormitorio.

Mientras que las sesiones de consejería, y el amor de sus padres, fueron ayudando a Ciara a salir a la luz, el mundo de Carlos se tornó más oscuro. Rafi, Papi, y José Marte, lo escuchaban quejarse con frecuencia de una gripe que no lo dejaba, y de dolores estomacales intensos.

La infección que un examen médico le había detectado seis meses antes, había regresado. Apenas podía dormir. Empezaron a salirle ojeras; se veía y se sentía cansado. A veces comentaba en voz alta en el automóvil, otras veces en la oficina de su abogado, que debía retirarse, dejarlo todo, abandonar la lucha, y lanzarse al río, dejarse llevar de la corriente. Los padres de Ciara gustosamente aceptaron llevársela a vivir con ellos.

En el camino de regreso a Nueva York después de dejar a Ciara al cuidado de sus padres, Carlos entendió que la suerte que había conspirado para protegerlo, siempre a costo de otros, manteniéndolo al margen de la ley, se había convertido en una maraña de la que no iba a poder salir solo.

CAPITULO VII

LOS HERMANOS PRIMO

Sin saber exactamente cómo, Carlos sospechaba que el fin de su carrera en el mundo del narcotráfico estaba cerca. La muerte de un oficial de la policía de Nueva York, una noche caliente de verano en Fort Washington Heights, fue el incidente que finalmente lo ayudó a cambiar de rumbo.

Después del asalto sufrido a manos del Negro, Carmelo Primo pasó todo un año recibiendo terapia hasta recuperarse por completo, aunque como secuela quedó cojeando de la pierna derecha. Durante el tiempo que estuvo en recuperación, Carlos lo ayudó para que no le faltara nada económicamente.

Carmelo no tenía familiares en Nueva York. Sus nueve hermanos vivían Santiago. Su padre y su madre habían muerto de cólera cuando ellos aún eran niños, y se criaron bajo el cuidado de unos tíos. Ninguno pasó del quinto grado de primaria y aunque eran inteligentes, despiertos, y ambiciosos, también eran truhanes, conocidos de todos en el barrio como los diez leprosos.

Después de cruzar el Canal de la Mona en dos pequeñas embarcaciones que los llevó a Puerto Rico, los hermanos Primo llegaron juntos a Nueva York, portando papeles falsos de identificación.

Carmelo los acomodó en su apartamento como pudo, y con el fin de mantenerlos alejados de él, Carlos les dio dinero para empezaran su propio negocio. Aunque no era el mayor los hermanos, Carmelo era el que tenía mayor experiencia en el tipo de negocio que los esperaba en la gran ciudad. Él era el líder de los diez leprosos.

Era el fin del mes de octubre cuando ellos llegaron a Washington Heights, y para la primavera del siguiente año, estaban envueltos en el negocio de venta y distribución de crack-cocaína. Pocos meses después, empezaron a aparecer los adictos al volátil y peligroso narcótico en las clínicas públicas de Harlem.

Carmelo le debía lealtad a Carlos, pero Carlos no quería tener nada que ver con los hermanos Primo, aunque de vez en cuando usaba sus servicios como chóferes o guardaespaldas. Poco a poco, los hermanos Primo fueron adquiriendo fama de temerarios, y entonces Carlos cortó totalmente su amistad con ellos. En poco tiempo, Carmelo y sus hermanos se convirtieron en el terror del Barrio y del alto Manhattan.

Ellos fueron, además, los pioneros en el mercado de la distribución del crack-cocaína y marihuana en Salem, Lynn, Lawrence, y Providence. Un reportero del Boston Globe escribió un artículo en el que se refería al creciente número de latinos que habían estado llegando de Nueva York a los estados del Nueva Inglaterra en la última década, trayendo con ellos el crack-cocaína.

Carlos los aconsejaba que procedieran con cautela. El enfrentamiento que Carlos logró evitar tener con los diez leprosos, lo tuvo Manuel Toro, un oficial de la Policía de Nueva York.

La noche que murió el policía, Washington Heights hervía de calor.

—Esperanza, recuerda que debes llevar a la niña esta noche donde mamá, porque posiblemente tenga que quedarme un par de horas extras—le dijo Manuel, mientras se vestía el uniforme.

—¿Otra vez, Manuel? Tres días atrás trabajaste turno doble. ¿No pueden asignar a otro?—le reclamó Esperanza. Ella sabía que *un par* de horas extras significaba trabajar doble turno.

—Pueden asignar a otros oficiales, pero necesitamos el dinero para la casa que queremos comprar en Puerto Rico. Ya estamos cerca de nuestro objetivo. Además, ya te había dicho que trabajaría horas extras esta noche—le respondió Manuel.

—Está bien, pero siempre encomiéndate a Diosito—le dijo Esperanza.

—Un beso—le pidió Manuel.

—Te llamaré esta noche cuando estés en el apartamento de mamá, como a eso de las once—le dijo Esperanza.

—Muy bien—le dijo Manuel.

—Buenas noches, papá—le dijo la niñita, abrazada de las piernas de su padre.

—Buenas noches, cariño—le respondió Manuel.

Manuel salió de su apartamento sobre la avenida Grand Concourse del Bronx y caminó hasta la estación del tren. Se detuvo en el camino a comprar una soda de dieta. A las 8:15 de la noche abordó el tren C en dirección a la parte baja de la ciudad. En la estación de la calle 145 de Manhattan, cambió de dirección hacia la parte alta de la ciudad. Luego cambió al tren número 1 en la estación de la calle 168-Washington Heights. Eran las 8:56 cuando el Oficial Toro llegó a su estación de policía. Se dirigió directamente a la lista de asignaciones de la noche. Le tocaba patrullar, a pie, la avenida Saint Nicholas, entre la calle Dyckman y calle la 207. Su turno empezaba a las 9:30 p.m.

El Oficial Toro conocía muy bien el lugar. Vivió con su madre en ese vecindario durante algunos años antes de casarse, y estaba familiarizado con sus calles y callejones. Cuando llegó a su área de asignación eran las 10 de la noche.

Su compañero era un afroamericano que no conocía muy bien esas calles. Era su primera asignación en esa parte de la ciudad, y la primera vez que trabajaba con Manuel. Mientras caminaban en dirección a la calle 207, les llamó la atención ver a dos hombres parados en la esquina de la avenida Saint Nicholas y la calle 206.

Los hombres estaban envueltos en lo que parecía una transacción de narcóticos, sin percatarse de la presencia de los dos oficiales que venían en dirección suya. Cuando ambos notaron la presencia policial, se dieron a la fuga, y mientras se alejaban, uno de ellos dejó caer una bolsa que contenía 25 frasquitos plásticos de crack. El oficial Toro sacó su pistola de reglamento.

—Deténgase. Es la policía. Deténgase o disparo—le ordenó al sospechoso.

Carmelo, cojeando, no podía correr muy de prisa. Dobló la esquina de la calle 207, y desapareció por un callejón. El otro oficial logró apresar al sospechoso que estaba siguiendo, y pidió refuerzo por el radio.

—El refuerzo va en camino—le dijo la radio operadora.

Las sirenas de las patrullas se podían oír a la distancia cuando el oficial Toro entró cautelosamente en el callejón oscuro, en persecución de Carmelo. Un bombillo en la parte de atrás del edificio que quedaba a su mano izquierda iluminaba pobremente el callejón.

Manuel subió tres escalones. Caminaba despacio, más despacio aún, miró a la derecha, después a la izquierda. Trató de controlar la respiración. Miró su reloj de pulsera, faltaban 15 minutos para las once. Pensó en su hijita que lo esperaba; para esa hora debía estar durmiendo en el apartamento de su madre. Llegó hasta la esquina noreste del edificio. Una verja de planchas corrugadas de metal oxidado cubría los contornos de los límites del patio. Miró hacia arriba. Tres bombillos a 20 pies del suelo en la pared posterior del edificio, iluminaban el patio. Desde donde estaba parado, podía ver la avenida Saint Nicholas.

En el techo del edificio del frente, había un anuncio de las Páginas Amarillas en Español. Sobre el letrero se proyectaba la silueta de una persona con los brazos levantados sobre su cabeza, sujetando un objeto entre las manos. Cuando el policía levantó la vista hacia el lugar de donde venía la proyección de la figura, el ladrillo venía bajando como un proyectil, hiriéndolo mortalmente en la cabeza.

Cuando sus compañeros llegaron a donde estaba, el oficial Manuel Toro estaba muerto. En ese preciso momento, a las once y un minuto de la noche, su teléfono celular empezó a sonar, era su esposa. El policía, de treinta y seis años de edad, fue la quinta víctima de los hermanos Primo en el curso de ese año.

Convencidos que los hermanos Primo eran una banda de criminales, envueltos en el narcotráfico, el FBI tomó parte en la pesquisa, junto a la Policía de Nueva York.

En una reunión en el World Trade Center, el Agente Especial Encargado Muller, explicó a sus hombres que a pesar de los cientos de arrestos realizados por la policía a raíz de la muerte del oficial Manuel Toro, la policía no tenía ni una pista que los ayudara a identificar al perpetrador del crimen. Para entonces, el FBI y la policía de Nueva York estaban vigilando a Carlos, aunque no tenían nada concreto. La investigación estaba en sus comienzos.

—Nosotros sabemos que Carlos conoce la identidad del asesino del oficial. Y nuestros superiores nos han pedido, *ordenado* más bien, que cooperemos con la policía, enfatizando que nos aseguremos de hacer todo lo que esté a nuestro alcance para conseguir que Carlos, o alguno de sus compañeros, revele la identidad del asesino del oficial Toro—dijo el Agente Muller.

—¿A cambio de que revelaría un presunto narcotraficante la identidad del asesino de un oficial de la policía?—preguntó uno de los agentes.

—Le haremos saber que el FBI está dispuesto a dejar de vigilar cada movimiento suyo—contestó Muller.

Con la aprobación del Departamento de Justicia, el Agente Especial Encargado Muller redactó un documento en la que se indicaba la decisión de suspender la vigilancia, si Carlos estaba dispuesto a cooperar con las autoridades en la identificación y aprehensión del asesino del oficial Toro. Una copia del documento fue entregada personalmente por uno de los agentes del FBI a José Marte.

Era una carnada, porque el FBI no tenía un expediente completo de Carlos, sólo sospechas.

El abogado le presentó a Carlos las opciones: la vigilancia continuaría, y eventualmente, iba a caer estrepitosamente en manos de la justicia, o la vigilancia se detendría inmediatamente, con la condición de que identificara al asesino del oficial Manuel Toro.

—Sospecho que los federales no tienen nada concreto contra ti, sin embargo, esta gente tiene los recursos y la paciencia de esperar hasta que el infierno se congele si fuera necesario para atraparte.

Carlos le pidió a José Marte que se comunicara con el FBI, y que indagara si él tenía que pasar algún tiempo en la cárcel. José Marte hizo las averiguaciones, y la respuesta fue que el IRS, como rutinariamente hace en estos casos, iba a investigar las inversiones, propiedades y los bienes raíces, tanto en Estados Unidos como en el extranjero, con el fin de acusarlo de evasión de impuestos. De no poder justificar las fuentes del dinero y propiedades inmuebles, el FBI le incautaría hasta el último centavo, además de que posiblemente sería sentenciado a un tiempo reducido de prisión.

—El gobierno federal va a incautar todos tus bienes raíces, y todo el dinero en efectivo que posees—le advirtió el abogado.

Carlos no dijo nada. Se quedó pensativo por un largo tiempo.

—¿Qué podemos salvar para cuando yo abandone esta carrera y salga de la prisión? Siguiendo tu consejo, yo invertí mi dinero en negocios *legítimos* con el fin de salvaguardar los intereses económicos. ¡Qué ironía! Ahora, precisamente, que la mayoría del dinero está invertido en negocios *legítimos*, el gobierno se puede quedar con todo. Ya todo está perdido—dijo Carlos.

—Sí—dijo el abogado, sin levantar la vista de su escritorio.

—La ABA me avisó por correo que mi licencia de práctica de abogado será revocada. Tengo suerte de que no se hayan presentado cargos criminales en mí contra. Ya no podré ejercer mi carrera de abogado en ninguna parte de los Estados Unidos. Carlos, entiende que desde hoy en adelante tú tienes que cortar todo contacto con Rafi, Papi y con todos los que trabajaron contigo—le aconsejó José Marte.

—¿Habrá alguna manera en que te puedas comunicar con los muchachos, sin darles detalles, y decirles que se desaparezcan, que se escondan, y que si quieren seguir en los negocios, eso depende de ellos?—le preguntó Carlos.

—Siempre hay alguna manera de comunicarse. Deja que yo me encargue de eso—le aseguró José.

—Muy bien—dijo Carlos, dándole luz verde a José Marte para se comunicara con Rafi y también con el abogado criminalista, un judío de Manhattan, Rolando Markowitz. A pesar de que había un acuerdo entre Carlos y el FBI, Markowitz debía asegurarse de que su cliente no iba a recibir ninguna sorpresa desagradable de parte de un juez.

—¿Cuánto costará la defensa?—preguntó Carlos.

—Doscientos mil—le respondió el abogado.

—Ya no queda nada—se quejó Carlos.

—Ya yo también estoy jodido—le dijo José Marte.

—¿Y el dinero en las cuentas en Caicos y Caimanes?—preguntó Carlos, otra vez.

—Olvídalo, el gobierno se apoderó de todo, pero todavía contamos con un poco de dinero para tu defensa, y estoy seguro que puedo guardar un poco para cuando salgas en libertad.

José Marte se refería al millón y medio que secretamente había guardado en la cuenta de Suiza con la ayuda de Angelita.

Esa misma tarde, José Marte se comunicó con Rafi y Papi, explicándoles que debían vender lo que pudieran, porque la fiesta había llegado a su fin. Les dio instrucciones, a nombre de Carlos, de recoger todo el dinero que hubiera regado en la calle, pagar las deudas, y traerle el resto. También le dijo que advirtieran a los otros muchachos que no intentaran comunicarse con Carlos. De ese momento en adelante, toda comunicación con su jefe debía hacerse a través de él. Rafi y Papi así lo hicieron. Recogieron el equivalente a más de un millón de dólares, y se entregaron al abogado.

—Un tipo, creo que es un primo segundo del Negro, debe medio millón—empezó a decir Rafi, cuando José lo interrumpió.

—Olvídenlo, es muy arriesgado—le dijo el abogado.

Esa semana, Carlos visitó a Ciara en New Jersey antes de comparecer ante el juez en la corte federal localizada en la calle Pearl en Manhattan.

—Me voy a ausentar durante un breve tiempo, pero regresaré por ti, te lo prometo—le dijo Carlos tomando sus manos entre las suyas. Los padres de Ciara no tenían nada material qué ofrecerle, excepto su amor y el calor de un hogar. Los diez mil dólares que Rafi le había regalado a Ciara para su cumpleaños, se habían gastado en medicina y otras necesidades. Carlos les dejó cincuenta mil dólares.

El Fiscal Estatal de Manhattan y el Fiscal Federal del Distrito Sur de Nueva York, asumieron las jurisdicciones correspondientes en el caso pendiente contra Carmelo y sus hermanos. La corte del IRS iba a ventilar su caso contra Carlos, en sus propios méritos.

Carlos finalmente compareció como testigo ante el juez federal, en el caso *U.S. Vs. Los Hermanos Primo*. Cuando levantó el dedo para identificar a Carmelo como el asesino de Manuel Toro, oficial de la Policía de Nueva York, la madre y la esposa de la víctima levantaron la voz en sollozo audible. El juez, visiblemente conmovido, no intentó silenciar el lamento de una familia que por mucho tiempo pensó que no iba a encontrar justicia.

El juez prohibió a la defensa señalar el convenio entre Carlos y las autoridades. Como resultado del testimonio de Carlos, Carmelo y sus hermanos fueron sentenciados a un total de más mil años de prisión, por una lista interminable de crímenes, incluyendo el tráfico interestatal de narcóticos, posesión ilegal de armas de fuego, y por causarle la muerte a un oficial de la policía.

Esa noche, Esperanza, orando y llorando en su dormitorio, abrió la Biblia buscando en ella consuelo y leyó en el Libro de Revelación:

"Vi un ángel que bajaba del cielo con la llave del abismo y una gran cadena en la mano. Este ángel sujetó al dragón, aquella serpiente antigua que es el diablo y Satanás, y lo encadenó por mil años."

Esperanza pensó que vendrían otros monstruos a llenar el espacio que los hermanos Primo habían dejado, tal vez miembros de los carteles de México, quizá inmigrantes de los países del Este de Europa, demonios peores que los italianos, colombianos y dominicanos. Aunque la condena de los hermanos Primo no le devolvería a Manuel, esa bestia de diez cabezas leprosas estaría encadenada durante los próximos mil años.

Carlos fue a parar a una celda en el Centro Metropolitano de Detenciones por evasión de impuestos. A los seis meses, fue trasladado al Módulo 5, en el Complejo GMDC de Riker's Island, por evasión de impuestos.

Dos veces al día, los prisioneros tenían una hora de recreo. Desde el patio, Carlos veía los edificios de la ciudad, al otro lado del río. Todos los días, a la misma hora, se preguntaba qué estarían haciendo los muchachos o qué estaría pasando en la esquina de la calle 168 y la avenida Broadway. Él conocía cada edificio por su nombre: el Chrysler, el Empire State, los Gemelos, el Citicorp, el Mutual Life, el Pan Am, y otros.

Cada celda medía ocho por cuatro pies, tenía un espejo de acero inoxidable, un inodoro, y un catre con un colchón forrado de plástico duro de rayitas de color gris. Pasaba horas mirando fijamente al techo manchado de vejez. Se sintió tan cerca de la deshumanización que prácticamente la podía tocar.

Pensaba en su abuelo, y cómo debió sentirse cuando Juan Buenavista ordenó su arresto y encarcelamiento por criticar a la dictadura. Pensaba en su madre, en su hermano Armando, y en Ciara. Por medio de José Marte se enteró que Ciara estaba mucho mejor, y que quería venir a visitarlo, pero Carlos mandó a decirle que no viniera. No quería que ella se deprimiera visitando un lugar así. Los que visitan a los presos, aunque sea por unas breves horas, quedan presos también con ellos.

Todos los días, Carlos salía al patio, y seguía la misma rutina: miraba con nostalgia los edificios de la ciudad a través de las rejas del patio, caminaba alrededor de una pista que en un tiempo había sido de cemento, en la que las inclemencias del tiempo y el descuido había creado grandes grietas; la yerba había crecido a través de las rajaduras en el cemento. Por los alrededores del edificio, crecían unas matitas enanas con florecitas de color amarillo y otras de color violeta. Parecían Margaritas, pero no lo eran.

De vez en cuando, se detenía para observar alguna lombriz que salía de la tierra húmeda a asolearse encima de una piedra. A veces quería ser como esa lombriz, otras veces, como una de las matitas enanas que crecen en esa parte de Queens, que cumpliendo con su ciclo natural, vuelven a nacer y a florecer en la próxima primavera, usualmente después del período de las lluvias durante el mes de abril. Todo obedece a la Fuerza de la transformación. Se acordó de la Flor de Oro de la que una vez le habló Ciara.

Ocho meses después, fue puesto en libertad. José Marte fue a recogerlo a la estación del tren número 7, en la calle 74 y la avenida Roosevelt, a las tres de la mañana. A esa hora, un bus del Departamento de Corrección deja a los reos que son puestos en libertad, con un par de dólares en la mano para cubrir el importe del pasaje de una ida en tren o en bus.

José Marte se lo llevó a su casa en South Ozone Park. Sentados en la sala, tomando café, conversaron durante unos momentos. José no le preguntó nada acerca de su experiencia en la prisión. Carlos tampoco quiso hablar del tema. En un momento, sin decir nada, José se levantó de su silla, y regresó de su dormitorio con dos bolsas de aproximadamente dieciséis libras. En cada una de ellas, medio millón de dólares en billetes de a cien.

—Ahí tienes, conté los días que estuviste en prisión, 212 días. Ahora me toca a mí decir, adiós.

—Adiós—le dijo Carlos.

José Marte sabía que Carlos empezaba una nueva jornada, y sospechaba que más adelante, tanto él como su cliente, iban a necesitar el resto del dinero que él y Angelita habían escondido en la cuenta de Suiza.

CAPITULO VIII

Una Ética Para La Guerra

Las primas de Ciara, Genoveva y Canela, visitaron el apartamento que Eugenio y su compañero de estudios, Roberto, compartían en la Ciudad Universitaria. Faltaban dos semanas para los exámenes finales tras los cuales llegarían por fin, las tan esperadas vacaciones que incluirían visitas a familiares, un paseo por Casa de Campo, y un merecido descanso de Kafka y Nietzsche, antes de empezar el próximo año escolar.

De los que habían empezado ese año quedaban pocos, incluyendo a Alejandro y a Tomás, los del dormitorio contiguo al de Eugenio. Benjamín y los demás se habían ido a casa o estaban listos para continuar con sus maestrías y doctorados. La semana anterior, Roberto había aprobado los exámenes, y esa tarde estaba recogiendo sus pertenencias personales, mientras Eugenio leía en voz alta:

"La neblina gris cubría la bahía. El sonido de la bocina del barco que se acercaba al puerto, viajaba presuroso a través del aire húmedo. Pronto, Sansón tendría a Dalila entre sus brazos, para amarla para siempre."

—Si Sansón hubiera sabido que iba a ser traicionado, ¿correría a los brazos de Dalila?—preguntó Canela.

—La pregunta es si Dalila lo amaba—respondió Genoveva.

—Creo que sí—sugirió Roberto.

—¿Y aun así lo traicionó?—preguntó Canela.

—Presionada por su padre y por los ancianos de su aldea, claro que sí. Además, Sansón era el enemigo más formidable que los Filisteos habían enfrentado hasta entonces. El destino de su pueblo estaba, literalmente, en las manos de ella. Uno nunca sabe lo que estaría dispuesto a hacer por amor a su gente, por salvar a su pueblo—dijo Genoveva.

—Ya sé cuál será mi tesis para el ensayo final: *Una ética para la guerra*—dijo Eugenio mientras cerraba el libro.

Eugenio, Genoveva y Canela salieron a dar un paseo en auto por la zona colonial, y notaron la columna de camiones llenos de soldados que se extendía hasta el Puente de Las Bicicletas.

—Me pregunto qué estará sucediendo—dijo Eugenio en voz alta.

Antes de llevar a las muchachas a su casa, el chofer pasó dejando a Eugenio frente a su apartamento.

—¿Quieres acompañarme al cine mañana?—le preguntó Eugenio a Genoveva antes de despedirse.

Genoveva se veía radiante, su cabello recogido en una cola como acostumbraba, sus finos rasgos complementaban su esbelta figura y su delicada manera. El brillo de la vida se reflejaba en sus ojos verdes claros.

Genoveva y Canela eran hijas de militares profesionales. Eugenio venía de una familia humilde de un pueblo del norte, de donde vienen los locrios. Su padre era cuidador en la finca donde estaban los viñedos de la familia del Presidente de la República, Alberto Buenavista.

—Llámame en la mañana—le dijo Genoveva.

Cuando Eugenio entró al apartamento, Roberto tenía todo listo cerca de la puerta, y en ese momento se preparaba para salir.

—Espero verte antes de irte—le dijo Eugenio a Roberto desde la puerta.

—Claro, hermano, no me iré hasta la madrugada. Nos vemos a la vuelta—le prometió Roberto.

—Bueno—le contestó Eugenio.

Al día siguiente, cuando Carlos llegó a la estación del Metro, el reloj marcaba las dos y cuarenta y cinco de la tarde.

El itinerario era diferente los fines de semana, de modo que el tren pasaba con menos frecuencia los domingos. Genoveva había invitado a su hermana y a dos amigas.

—Voy a ver si las veo, mientras te adelantas a la casilla a comprar los boletos—le dijo Genoveva a Eugenio. Mientras ella se alejaba, un muchacho de piel oscura, un moro, se le acercó.

—Mi nombre es Jesús Arcilla, ¿y el tuyo?

—Mi nombre es Eugenio. Mucho gusto. Disculpa, pero tengo que llegar hasta la ventanilla antes que llegue el próximo tren—le dijo Eugenio, encaminándose hasta la ventanilla. Unos cuantos pasos antes de llegar, Carlos perdió el balance, y las monedas que llevaba en las manos se le cayeron, rodando hasta el andén.

Jesús empezó a reírse, pero al ver el enojo de Eugenio, se agachó y empezó a ayudarlo a recoger las monedas. Cada vez que recogía una cantidad se las entregaba, pero sólo le pasaba los centavos y las monedas de cinco, y se quedaba con las de veinticinco y las de diez.

—Vamos, Jesús, no tengo tiempo para relajos, entrégame todas las monedas ¿quieres?—le dijo firmemente Eugenio.

—Muy bien, muy bien, le dijo Jesús burlonamente. Después de unos momentos, se repitió lo mismo. Eugenio tomó las monedas que juntó, y se las metió en al bolsillo trasero de su pantalón. En el momento que se levantó para seguir hasta la ventanilla, el tren estaba llegando a la estación. Nervioso, Eugenio miró con el rabillo del ojo a Genoveva y a sus compañeras acercándose.

En medio del ruido del tren que pasaba por la vía contraria, el despachador preguntándole cuántos boletos deseaba comprar, y del taconeo apresurado de las muchachas, Eugenio escuchó claramente el sonido de una moneda cuando cayó al piso cerca de su pie derecho.

Al meter la mano en su bolsillo, se dio cuenta que estaba vacío y había perdido también los billetes que llevaba. Viró la cabeza y vio la punta de sus dedos a través del hoyo que tenía el bolsillo. El par de pesos que le quedó no eran suficiente para cubrir el precio de los boletos, y mucho menos para pagar las entradas al cine. Para entonces, el tren estaba cerrando las puertas para marcharse.

Desde la distancia, Jesús se reía a carcajadas, mientras le mostraba a Carlos el dinero que le había robado. Carlos quiso alcanzarlo, y herirle las sienes, pero ¿qué iba a pensar Genoveva y sus amigas? Fingió calma. Su rostro se puso del color de sus cabellos, rojo. Aunque los locrios eran de menor estatura que los moros, eran más iracundos.

Genoveva se le acercó y le preguntó qué había sucedido. Él le explicó; ella le tocó las manos, luego lo abrazó tiernamente. Sus labios se juntaron por un breve momento.

Entre Genoveva y sus amigas juntaron suficiente dinero para pagar los boletos del tren, y para pagar las entradas en el cine, pero no para comprar palomitas de maíz, nachos con queso derretido ni gaseosas. Los padres de Genoveva y Canela les habían enseñado que cuando salieran a la calle, no llevaran consigo mucho dinero, sólo lo suficiente para alguna emergencia.

Estaban decidiendo si aún valía la pena ir al cine, cuando Genoveva notó que eran las tres y diez. El próximo tren no llegaría a tiempo para alcanzar a ver la película desde el principio, y decidieron mejor dejarlo para otra ocasión. El chofer llegó a recoger a las muchachas frente a la estación del Metro, y Eugenio se dirigió a su apartamento, donde terminó de leer el último capítulo del libro que había dejado pendiente.

>"...y así murió Sansón, enceguecido por el amor, traicionado por la mujer que escogió la salvación de su pueblo, en lugar de morir al lado de su amado. La lealtad triunfa sobre el amor."

Una semana después, Eugenio se enteró que Jesús había estado entrando y saliendo de reformatorios desde que era adolescente, y que pertenecía a una banda de delincuentes que se pasaban el día por los alrededores de la estación del Metro, por los alrededores del mercado de la Feria, y en las inmediaciones de la universidad, robando carteras y cometiendo otras fechorías.

Un día, se toparon en el mercado.

—Me parece que eres un muchacho inteligente. ¿Por qué no estudias y trabajas, en vez de estar viviendo del cuento y de lo que robas?—le reprochó Eugenio.

—Para ustedes, los hijos de los ricos, la vida es fácil. Con lo que tus padres pagan sólo para tus estudios en esta gran universidad, mis hermanos y yo viviríamos bien—le contestó Jesús.

—Jesús, mis padres no son ricos. Yo estoy estudiando en esta gran Universidad porque soy un buen estudiante, mis buenas notas me permitieron ganar becas. Mi padre trabaja cuidando cerdos y recogiendo uvas en La Vega y de vez en cuando, me envía lo que puede—le dijo Eugenio.

—Pareces rico, caminas como rico, vistes como un rico—le dijo Jesús.

—Y actúo como rico, aunque no lo sea. La vida es una actitud—le dijo Eugenio.

—¿Por qué me dices estas cosas?—preguntó Jesús

—Porque creo que tú tienes potencial, aunque no lo creas.

—¿Cómo?—volvió a preguntar Jesús.

—Si quieres, te mostraré, pero debes prometerme que vas a enderezar tus pasos. De aquí en adelante, debes intentar vivir una vida recta—trató de persuadirlo Eugenio.

—Debes saber, que nunca he prometido nada a nadie, y que no estoy listo para hacer promesas—le respondió Jesús.

—Eso es suficiente—le dijo Eugenio.

Seis meses después, Eugenio y Jesús se encontraron en la oficina de admisiones de la universidad. Eran las 9:30 de la mañana.

—Señor Arcilla, escriba una carta, explicando por qué la universidad debe admitirlo como estudiante—le dijo una secretaria, una cuarentona vestida con minifalda, y un escote que le bajaba casi hasta la mitad del pecho.

—¡Señor Arcilla! Nadie me había llamado *señor* antes—susurró Jesús mientras le guiñaba el ojo a su amigo.

—Jesús, este no es el momento para hacer chistes—le dijo Eugenio entre dientes, mientras su amigo se dirigía a la habitación contigua a redactar la carta de admisión, imitando el contoneo de la cuarentona que iba delante, con unas botas muy provocativas.

La mujer salió, dejando la puerta entreabierta. Al rato, entró de nuevo, y esta vez cerró la puerta tras ella. Al poco rato, Jesús salió primero, seguido de la mujer.

—Sus documentos irán al comité de admisiones que está compuesto por estudiantes, miembros de la facultad y de esta oficina, donde serán revisados. Dentro de unas semanas, recibirá una carta notificándole de la decisión del comité. Tenga usted un buen día, señor Arcilla— se despidió la secretaria.

La parte del frente de la oficina de admisiones, y los alrededores, estaba jardineada, y entre los geranios y buganvilias había varias bancas pintadas de verde.

—Señora Velásquez, es usted muy atractiva y bella. ¿Se quiere casar conmigo?—Jesús estaba de pie, dirigiéndose a Eugenio que estaba sentado en uno de los bancos, como si estuviera hablándole a la cuarentona.

—¿Qué sucedió? ¿Qué te dijo? ¿Qué escribiste? ¿Qué fue lo que viste?—Eugenio estaba curioso.

—Bueno, tú la viste también. Jamás me hubiera imaginado que el colegio sería tan divertido. ¡Creo que estoy enamorado!—le dijo Jesús.

—¡Eres un payaso! Todavía no has sido admitido. Y si fuera yo, tuviera mucho cuidado cómo me dirijo a las mujeres aquí, y en cualquier lado. Tu romance podría ser confundido con acoso sexual—le reprochó Eugenio.

—Ninguna mujer que se viste así puede acusar a un hombre que admire abiertamente su belleza, de acoso sexual. Hay quienes quieren ser acosadas. ¿No crees?—le respondió Jesús.

—Eres un payaso, ¿sabías eso?—le dijo Eugenio.

—Corrección, un payaso enamorado de la señora Velásquez. Tengo su número de teléfono—le dijo Jesús.

—¿Te dio su número de teléfono personal cuando estuviste encerrado con ella?—le preguntó Eugenio incrédulo.

—No, sólo digamos que lo conseguí—respondió Jesús.

—¿De la manera que siempre has conseguido las cosas?—le preguntó Eugenio un tanto enojado.

—Tranquilo, hermano, me refiero al número de la oficina—le respondió Jesús.

Un mes más tarde, Jesús recibió una carta, en ella le notificaban que había sido admitido al programa de ingeniería.

—Y ahora ¿cómo pagaré mis estudios?—preguntó Jesús a Eugenio.

—No me mires, que en esto no te puedo ayudar. Te sugiero que te pongas tu sombrero o traje de fanfarrón o encantador, y que te dirijas a la oficina de asistencia financiera a enamorarte o a fingir que estás enamorado. Recuerda que el oficial de Ayuda Financiera es un hombre, así que sugiero que te pongas la careta de pordiosero, y que entres a la oficina de rodillas, empezando por las gradas de afuera—le dijo Eugenio con sarcasmo.

—Ya sé, mejor diré que soy un pobre que sólo quiere contribuir al bien común, pero que no tengo el dinero para lograrlo, y que mis padres murieron en un terrible accidente—dijo Jesús.

—Sí, claro, no te olvides de poner la cara de penitente como aquel día en la estación del tren, cuando te acercaste a mí, diciendo, mi nombre es Jesús, sólo para robarme el dinero—le recordó Eugenio.

—Continúa—dijo Jesús sarcásticamente—que esta conversación se pone más interesante cada vez.

Al entrar a la oficina del señor Alejandro Córdoba, encargado de ayuda financiera, Jesús puso su mejor cara de inocente.

—Señor Jesús, hemos revisado su solicitud, y debe saber que...

—Jesús—lo interrumpió.

—¿Cómo dice?—preguntó el señor Córdoba.

—Que me siento más cómodo si usted me llamara Jesús, no Señor Jesús.

—¿Le han dicho algunas vez que podría ser un buen actor, mejor dicho, un comediante?—le preguntó el señor Córdoba con una sonrisa.

—Todo el tiempo—le respondió Jesús.

—Todos los estudiantes que tienen necesidades similares a la suya reciben exactamente la misma cantidad de parte de la universidad. Debe suplementar sus entradas con algún trabajo, con una contribución de parte de su familia—le informó el señor Córdoba.

—No tengo padre ni madre. No tengo a nadie que me pueda ayudar. Puedo trabajar, pero nadie me ofrece empleo—le respondió Jesús.

—¿Es usted huérfano?—preguntó el oficial.

—He estado viviendo de mis cuentas, en la calle, desde la edad de doce años—le respondió Jesús.

—En ese caso, haré una excepción. Recomendaré que se le conceda ayuda financiera completa, incluyendo una habitación en el campus de la universidad, pero debe prometerme discreción. Si lo divulga, se toma el chance de que se le corte la asistencia financiera. Entienda que es una cortesía—le expresó el señor Córdoba.

—Señor Córdoba, nunca le he prometido nada a nadie, porque no me gusta prometer y no cumplir—le respondió Jesús.

—Bueno, el carácter de una persona se forma haciendo promesas, y cumpliéndolas. No se debe andar por la vida libre de compromisos, es una ética fundamental—le sugirió el señor Córdoba.

—En ese caso, me comprometo a ser discreto. Pero ¿puedo al menos contarle a mi amigo Eugenio?—prometió Jesús.

—Eugenio ha sido un excelente estudiante. Es todo, señor Jesús. Pase buen día—le dijo Alejandro Córdoba, mientras salía de su oficina a atender a otros estudiantes.

CAPITULO IX

SE ESCUCHAN RUMORES DE GUERRA, PREPAREN LAS BODAS

El General Miguel Ángel Arístides, sobrino de un Almirante y proveniente de una familia adinerada de Moca, insistía en que el gobierno de Alberto debería invertir en la modernización de la Marina de Guerra, en buques y fragatas, la construcción de un nuevo puerto, y una base naval moderna. Por esa razón, y debido a popularidad de su tío, Arístides era más popular entre los oficiales y reclutas marinos que su propio comandante, el Almirante Jorge Temístocles.

Contrario a Arístides, Temístocles, admirado y querido por la población común y por la policía, más que el mismo presidente, opinaba que el gobierno debía invertir más dinero en proyectos de infraestructura.

Mientras que durante dos años consecutivos, la Universidad Autónoma no había recibido su cuatro por ciento anual presupuestado, la construcción de la carretera entre Samaná y la capital, y el sistema del Metro de la capital, iban viento en popa. En una nota editorial, Eurípides, el incansable periodista crítico del gobierno de Alberto, opinó que el sobregiro en la construcción del Metro estaba relacionado a la malversación de fondos públicos y al lavado de dinero, en el cual estaba presuntamente envuelto el presidente del Banco Central, el Doctor Amauris Johnson.

Los Johnson eran descendientes de Samuel Johnson, un condecorado oficial veterano negro que se distinguió en la

Primera y Segunda Guerra Mundial. Sus antepasados habían sido esclavos en una plantación de algodón en uno de los estados del Sur de Estados Unidos. Cuando Samuel regresó a casa después de la guerra, vio a unos soldados haciendo guardia alrededor de unos prisioneros alemanes que cenaban en un restaurante del vecindario. Por ser negro, él no podía ni siquiera entrar al mismo restaurante, a pesar de haber sido recibido en la casa Blanca por el mismo presidente como un héroe Americano.

Indignado, el presidente y el congreso acordaron relocalizarlo a él y a otras familias negras a diferentes islas caribeñas. Amauris Johnson, el hijo menor, de Samuel, llegó a ser uno de los hombres más ricos de la región Este de la Isla. Algunos documentos demuestran que todos los bienes raíces del centro de San Pedro de Macorís se contaban entre sus posesiones. A los descendientes de Samuel Johnson, nacidos en las regiones del Este y Noreste de la Isla, los locales les apodaron Cocolos. Antes, el uso del apodo era intencionalmente peyorativo. Hoy, ellos mismos lo reclaman como una celebración de la realidad multicultural de la Isla.

Muy pocos, aparte de los que pertenecían al círculo inmediato al presidente, se habían percatado de lo cerca que estaba el periodista de exponer la corrupción interna del gobierno. Cuando se supo que Eurípides había obtenido información confidencial y fidedigna, que le aseguraba que un miembro de la Jefatura de Estado Mayor del Ejército estaba envuelto en la construcción de un aeropuerto privado en un lugar remoto en el Sur, y que sería utilizado para facilitar el narcotráfico, Temístocles y Arístides pusieron sus diferencias a un lado, y se replegaron lealmente detrás del liderazgo de su presidente.

El único que se mantuvo fríamente alejado del mandatario fue el General Pupo Contreras. No contestaba las llamadas telefónicas del mandatario, y se rumoraba que el miembro de la Jefatura de Estado Mayor del Ejército mencionado por Eurípides en su reporte, era el mismo General Contreras. Secretamente, el presidente, con la ayuda de Arístides y Temístocles, conspiró con el Director del Servicio de Inteligencia Nacional (SIN) de la Policía, Doctor Pedro Vanderhurst, para convertir al General Pupo Contreras Jefe de Estado Mayor de las Fuerzas Armadas, en chivo expiatorio.

El campus universitario estaba lleno de estudiantes aprehensivos, agrupados alrededor de temas de interés común. Eugenio y Jesús se acercaron a un grupo de tres o cuatro estudiantes que estaban alrededor de un estante de periódicos y revistas. El Titular de primera plana en el diario El Clarín anunciaba: "Ejercito Dividido. Posible Enfrentamiento Armado Entre Fuerzas Leales al Gobierno y el Jefe de Estado Mayor de las Fuerzas Armadas, General Guadalupe (Pupo) Contreras."

—Esto no se ve nada bien—Eugenio le dijo a Jesús mientras se alejaban.

—Después de una dictadura de más de doce años, no podemos permitir que el gobierno constitucionalista del Presidente José Alberto sufra un revés—se quejó Jesús.

—Sería desastroso para la nación—le dijo Eugenio.

Mientras caminaban y conversaban de las cosas que estaban sucediendo, se detuvieron frente a un kiosco en el que estaba un hombre y una mujer repartiendo hojas sueltas, llamando a la población estudiantil a unirse al ejército. La propaganda decía: "Es Tu Deber, Ciudadano, Defender La Democracia, y La Constitución."

Eugenio y Jesús se miraron, y sin decir una palabra, firmaron sus nombres en una lista y abordaron el camión estacionado a media cuadra, repleto de estudiantes.

Eugenio y Jesús se enlistaron pensando en la idea romántica de ser partícipes en la guerra civil de la cual se estaría escribiendo durante generaciones, Ellos no podían dejar de ser parte de esa historia. ¿Quién iba a estar leyendo de héroes y cobardes en una novela, cuando ellos podían ser protagonistas en el drama real? Las guerras y revoluciones ofrecen el material histórico de dónde salen las épicas y los dramas, y donde cada quien se puede ver a sí mismo siendo parte de algo más grande que uno, sin importar el bando al que pertenezca, ni por quien pelea.

La Coronela Regina Arache, oficial ejecutiva del General Pupo Contreras, sentada en la sala de su casa, conversaba con sus dos hijas acerca de la situación del país. En los colmados, salones de clases, barberías y supermercados, otros también hablaban de la *situación* del país.

—Ustedes no tienen que hacer nada—les dijo la madre.

—Las protegeremos en todo—les dijo su padre, Sabino Genao, Secretario del Departamento de Inteligencia Militar (DIM).

Detrás del baño del segundo nivel de la casa, Sabino había ordenado construir una pequeña habitación, accesible a través de una puerta secreta. En la habitación, había comida enlatada, agua embotellada, velas, varios radios de baterías de onda corta y un armario repleto de armas de fuego de varios tipos y calibres, así como suficientes municiones para formar una mini guerra,

Sabino había entrenado a las muchachas a usar pistolas y revólveres, y a defenderse en el combate cuerpo a cuerpo con armas blancas. Una vez al mes, iban a la base militar a practicar tiro al blanco.

Regina, Genoveva y Canela estuvieron en la sala de la casa, platicando hasta altas horas de la madrugada.

Al día siguiente, muy temprano antes de salir el sol, un vehículo oficial se detuvo frente a su residencia. ¿Sería la última vez que iban a ver a su madre con vida? Se preguntaban las muchachas cada vez que ella salía de la casa vistiendo uniforme militar. Después de despedirla en la puerta, Sabino entró de nuevo a la casa. Alrededor de las tres de la tarde, Sabino abordó un vehículo sin placas. El chofer estaba vestido de ropa civil. Era un agente del Servicio de Inteligencia Nacional de la policía (SIN).

El auto se detuvo frente a una casa rodeada de árboles. Una sirvienta abrió el portón, dando paso al auto para entrar al garaje, donde había otros tres vehículos estacionados.

Cuando entraron, un niño se entretenía jugando en la sala con un carrito impulsado por baterías. En la cocina, una olla de agua con jengibre recién cortado hervía encima de la estufa. La casa era propiedad de una sobrina del presidente, recién casada con el Director del SIN, Pedro Vanderhusrt. Los primeros Vanderhurst llegaron de Holanda, y se localizaron en la costa Norte de la Isla dedicándose a la agricultura y el comercio. Pedro fue el único miembro de la familia que se dedicó a la medicina forense.

Cuando Sabino entró a la habitación, Pedro se adelantó para estrechar la mano del comandante, pero un agente del SIN se interpuso entre ellos, y procedió a registrar al comandante, para asegurarse que no venía armado o con alguna grabadora escondida.

—Sabemos de tu interés en servir al gobierno elegido legítimamente por el pueblo, y de tu lealtad a la constitución. A nombre del presidente, te diré, bienvenido al lado ganador de la lucha. Es muy importante que sigas públicamente declarando tu lealtad al General Contreras y a las fuerzas armadas—le dijo el director del SIN.

—¿Lado ganador?—preguntó Sabino, escandalizado. —Hablas como si estuviéramos rodeados de ejércitos enemigos. Todos en las Fuerzas Armadas son mis amigos, amigos nuestros. Aquí todos perdemos.

—Tranquilo. Toma asiento, por favor Sabino. Sabemos que es un asunto de tiempo que por razones de lealtad, las Fuerzas Armadas se dividan, y se desate abiertamente una guerra civil. El General Pupo Contreras tiene acceso a las armas, a las municiones y a los abastecimientos. Sus tropas les son leales. Al menos dos de los jefes del Estado Mayor lo siguen como si fuera un Dios. Le digo algo, comandante, mientras el General Contreras esté vivo, él será una amenaza para el país y para la democracia—le dijo Pedro.

—¿De qué estamos hablando, de asesinato? Pienso que sería más conveniente que el general sea apresado y enjuiciado, acusado de insubordinación, sedición y traición o de algún otro cargo del que sea culpable—le dijo Sabino.

—No. Es muy temprano para eso. Además, no queremos el espectáculo de un largo juicio. Tampoco queremos que sea enjuiciado en la corte de opinión pública ni en los periódicos. Además, no habría un juez en el país dispuesto a presidir en un caso en su contra. El General Contreras nunca sería hallado culpable. Cree ser más grande que el país. ¿No sabes que él hijo de perra cree que está por encima de la ley, que es intocable? La gente lo adora. No. Debe morir en batalla, como el buen soldado que es. Y debemos asegurarnos que esto suceda—le respondió Vanderhurst.

—¿Cómo dices?, ¿ causar una guerra sólo por matar a un hombre?—preguntó Sabino.

—Hay guerras que son inevitables, que deben ser, más bien, provocadas—contestó Vanderhurst.

—Yo había escuchado de las guerras sucias del SIN. Pero no estaba tan enterado de lo metida que estaba la policía en asuntos que no le conciernen— protestó Sabino.

—La defensa nacional es también nuestro negocio y nuestro interés. Precisamente, ahora que las fracturas son aparentemente visibles en las Fuerzas Armadas, es cuando más necesaria es nuestra intervención. Si no me equivoco, defensa nacional no es lo que está en juego, sino el alma de la nación. Una guerra civil no es solamente necesaria en estos momentos, sino que ofrecería la manera más digna de deshacerse de elementos cuyo dios es el vientre y el bolsillo, y no el futuro del pueblo al que juraron lealtad—enfatizó Vanderhurst.

—Tú hablas de intervención; si no fuera porque te conozco desde que éramos niños, y de que somos amigos, hubiera creído que estaba hablando con un cirujano antes de operar—dijo Sabino.

—Soy doctor, y me temo que el país es un paciente en necesidad urgente de intervención inmediata. Créeme, estoy del lado de la constitución—le respondió Vanderhurst.

Cuatro agentes secretos jugaban dominó en la antesala.

—Okey, ¿cuál es tu plan?—preguntó Sabino Genao finalmente.

—El General Arístides y el Almirante Temístocles están trabajando en los detalles—le dijo Vanderhurst.

—A pesar de su conocida mutua rivalidad, Arístides y Temístocles son hombres de principios, militares de carrera, honorables, y nunca estarían de acuerdo en ningún plan que incluya el arresto del presidente, aunque fuera un simulacro—opinó Sabino asombrado.

Sin darse cuenta, el Comandante Genao acababa de pronunciar la palabra clave: arrestar al presidente. Arístides y Temístocles le habían comunicado a Vanderhurst que no estaban seguros cómo proceder.

—Primero, el presidente está enterado del asunto, y segundo, los dos oficiales ya están abordo del plan. Sólo falta usted—le dijo Vanderhurst.

—¿Qué puedo hacer para ayudar?—preguntó Sabino, tratando de disimular su asombro.

—Hacer que el General Contreras tenga acceso a esta información y en su momento, usted personalmente se lo hará saber—le instruyó Vanderhurst.

—¿Cuál información?—preguntó Genao.

—Que el presidente será arrestado por el General Arístides—le contestó Vanderhurst.

—Jamás lo creería. Se lo aseguro. El General jamás creería que un hombre del carácter de Arístides sea capaz de traicionar a su presidente—protestó Sabino.

—Comandante, usted preguntó qué puede hacer. En el momento que se le indique, pase la información al General Contreras. Nosotros nos aseguraremos que él la encuentre creíble—le dijo Vanderhurst.

—¿Cómo?—preguntó Sabino traicionando la calma.

—Es un rompecabezas y nadie sabe cómo encajan todas sus piezas, no con exactitud. Cuando llegue el momento, sabrá lo tiene que hacer—le dijo Vanderhurst.

Se despidieron. Pedro Vanderhurst le metió la nota al comandante en el bolsillo derecho de la camisa.

—Todo saldrá bien—le aseguró.

—Así espero—respondió Sabino.

Cuando salieron, Sabino le dio instrucciones al chofer que lo llevara a la casa donde vivía su hijo Ismael y su madre Marina.

—Sabino, ¿qué va a suceder ahora?—preguntó Marina.

—Me temo que una guerra civil se avecina. Si quieres te puedo enviar un par de guardias a la casa. Están circulando todo tipo de versiones allá afuera. De todas maneras, Ismael sabrá lo que debe hacer. ¿A qué hora regresará del Palacio Presidencial?

—Yo nunca sé a la hora que regresa, y en estos días mucho menos. Sabes cómo son las cosas en el palacio. Él tiene un trabajo que yo no comprendo. Nadie me cuenta nada—protestó la madre preocupada.

—A veces es mejor no saber mucho. De todas maneras, aunque trabajar en el palacio no sea una garantía de seguridad, al menos, Ismael está lejos de la influencia o manipulación de algunos de los jefes de las fuerzas armadas—le aseguró Sabino.

—Sabino, ¿tú piensas que nuestro hijo traicionaría la constitución?—preguntó Marina angustiada.

—No—respondió Sabino, tratando de tranquilizarla.

Un toque en la puerta hizo que Genoveva se levantara de la mesa donde estaba sentada leyendo la prensa.

—¡Qué sorpresa! ¡Canela! ¡Canela!—Genoveva llamó a su hermana desde la puerta. Canela salió de su dormitorio, y se detuvo a mitad de las gradas, con un paño cubriéndole los rolos que tenía en el cabello.

—¡Aaaah!—exclamó Canela al ver a los dos apuestos soldados parados en posición de atención en la sala, y regresó corriendo de vuelta al dormitorio. Media hora después, los cuatro hablaban animadamente de sus aventuras en el ejército, mientras las ojizarcas, consideradas por muchos entre las más hermosas del país, escuchaban atentas.

—¡Genoveva!—Regina Arache llamó desde la entrada. Las muchachas saltaron de emoción al escuchar la voz de su madre. Dentro, los soldados se alistaron para conocer a la única mujer cuya reputación en las fuerzas armadas excedía a la de cualquier otra de su rango.

—Jesús y Eugenio. Había escuchado tanto de ustedes que sus nombres me parecen tan conocidos como el uniforme que llevo puesto—les dijo la coronela cuando entró a la sala donde ellos estaban. Las medallas y condecoraciones en el uniforme de la coronela brillaban, y eran en testimonio de sus años de servicio: valor, francotiradora, servicio a la patria, etc.

—Coronela...— empezó Eugenio a decir cuando ella lo interrumpió.

—En esta casa soy madre de dos hermosas muchachas, pero ya ustedes saben eso. Soy esposa, y aunque tengo sirvientas, trato de ser ama de casa las veces que estoy aquí. Por favor, tomen asiento. Aquí soy Regina. Y dirigiéndose a las muchachas, preguntó:

—¿Las llamó su padre?

—No, pero por lo avanzado de la hora, pienso que ya no tardará en venir—respondió Canela.

Regina sabía que Sabino estaba de visita en la casa de Marina, como acostumbraba hacerlo una vez al mes.

—Coronela... perdón, señora Regina, ¿cree usted que habrá guerra... en un futuro cercano?—preguntó Jesús. Regina se dirigió al armario que estaba debajo de las gradas. La mirada de reproche de Eugenio no lo disuadió de esperar con ansias la respuesta. Regina desapareció de la vista por un momento, fue a la cocina, tomó hielo de la refrigeradora en un vaso y se sirvió un trago de whisky.

—No les brindo porque es un mal hábito beber. Entre mis malos hábitos, éste es uno de los peores—dijo Regina señalando su vaso con whisky y el cigarrillo que acababa de encender, mientras caminaba hacia la sala.

—Además—continuó diciéndoles, mientras el humo se mezclaba con el trago frío en su boca—ustedes están uniformados. Veo en sus ojos el brillo de la vida. Uno nunca presume conocer el futuro. Un cobarde no haría tal pregunta, sin embargo, debes saber que los héroes, casi sin excepción, caen heridos de muerte en el campo de batalla.

Regina colocó el vaso en una mesa sobe la cual estaba una copia de la biografía de Juana Trinidad, conocida también como Juana Saltitopa.

—No hay una persona que deteste más la guerra que un soldado, era la opinión de uno de los soldados Americanos más condecorados, el General Douglas MacArthur. Pero yo pienso diferente, que una vez uno se atavía con el uniforme de la guerra, el soldado debe asumir la responsabilidad de lo que representa su uniforme, hasta las últimas consecuencias. Ninguno se viste de soldado si no pensara que la paz se obtiene a través de la guerra. Mi consejo, vuelvan a la vida civil, cásense, tengan hijos, piensen en el futuro, y no se apresuren a la guerra. Ella vendrá. ¿Cuándo? Nadie sabe.

Absortos, los muchachos se dieron cuenta por qué Regina había destacado en su carrera militar. Además de ser una experta en tácticas militares, era versada en filosofía, historia y economía, y sobre todo, era una madre dispuesta a irse a la guerra por la nación, por sus hijas y por los ideales de los pueblos libres.

Mientras conversaban llegó un mensajero, portando una nota comunicando que no esperaran al comandante Sabino. Pensando que se trataba de algún asunto oficial, Regina y sus hijas, acompañadas de los dos tenientes, se sentaron a la mesa y cenaron. A la media noche, un taxi llevó a Eugenio y a Jesús de regreso a la basa militar.

Al día siguiente, Eugenio y Jesús fueron despertados rudamente por la noticia: el Comandante Sabino Genao había muerto la noche anterior. Entre los detalles de las circunstancias de su muerte, se supo que junto a Sabino, los cuerpos mutilados de Marina, y de dos de sus asistentes personales, estaban entre los escombros causados por una explosión.

Una hora después, Jesús y Eugenio llegaron a la casa de Regina, Genoveva y Canela. Las encontraron llorando. Había soldados dentro y fuera de la casa.

Esa misma noche, después que todos se retiraron, quedaron Eugenio, Jesús, Genoveva y Canela. Regina les dijo:

—Celebraremos las bodas dentro de seis meses. El lugar está dispuesto, y ya se están haciendo los preparativos.

El día de la doble boda en la finca de uno de los asistentes de la coronela en la Bahía de Samaná, el océano Atlántico se veía magnífico, calmado. Toda la noche, moros y locrios comieron, bebieron, bailaron, y se unieron como una sola familia.

—Así se baila—le dijo Jesús a Eugenio, mientras saltaba tomado del brazo de su amada Canela. Los guardias tomaban turno: unos cenaban, mientras otros velaban. A trescientos metros de distancia de la orilla, un chorro, después varios, se elevaron y descendieron sobre la superficie del agua. Eran las ballenas jorobadas pasando en su recorrido migratorio por la Bahía. El sol había escondido sus dedos dorados detrás del Parque Nacional de Los Haitises. Un relámpago iluminó el cielo. Presagio de lluvias.

CAPITULO X

ATRAPANDO A BRUTO

La misma semana que empezó el juicio contra los acusados del asesinato del Comandante Sabino Genao, la prensa reportó que un avión, repleto de narcóticos, se había estrellado mientras aterrizaba en un aeropuerto de la costa del Este.

El General Contreras, buscando disipar cualquier sospecha de que alguien lo creyera envuelto en el narcotráfico, ordenó bombardear la pista del aeropuerto en cuestión. Al día siguiente, los capitalinos despertaron alarmados al ver dos tanques de guerra estacionados cerca de la entrada principal del Palacio de Justicia. El general ignoró la orden del presidente, dando el primer paso hacia la confrontación que siguió.

> Esta es Radio Libertad, cien mil vatios de potencia, reportando las veinticuatro horas. *Ra-ta-ta-ta-ta...* Reñidos encuentros entre soldados del ejército y rebeldes resultan en bajas de ambos lados en San Carlos. *Ra-ta- ta-ta-ta...* Se desconoce el número de muertos. *Ra-Ta-ta-ta-ta...* Cincuenta soldados mueren en una emboscada en Los Mina. *Ra-ta-ta-ta-ta...* Soldados leales al General Pupo Contreras huyen despavoridos frente a tropas regulares del ejército en el Caimito.

Los oídos de todos estaban pegados a la radio, pendientes a los reportes noticiosos. Muy pocos ciudadanos se aventuraban a salir a las calles debido al Toque de Queda,

el cual entraba en efecto todos los días a las seis de la tarde.
Ambos bandos enviaban misivas a los medios noticiosos. Cada
lado exageraba sus logros. Un fotógrafo periodista capturó la
imagen de un avión bajando en picada hacia la casa de las
hermanas Mirabal, mientras disparaba con sus ametralladoras
de calibre 50 milímetros.

Las calles se veían desiertas, excepto por la imagen de
un niño que aparentemente había salido gateando de su casa
sin ser detectado por sus padres. El niño, sentado en medio de
la calle principal, miraba al avión que venía bajando.

"HORROR", decía el titular en la página principal del
periódico.

La prensa Francesa reportó que los encuentros armados
habían causado cientos de bajas a ambos lados, y un sinnúmero
de victimas de civiles. Miles de familias habían quedado
desalojadas en el sector de la Villa Francisca de la capital.

El General Contreras no solamente había disparado
el primer tiro, sino además, sus acciones estaban claramente
dominando la opinión pública. Asesorado por Temístocles y
Arístides, el presidente ordenó acuartelar las tropas leales
al gobierno, dejando la seguridad de la capital a cargo de
una unidad especial, compuesta por miembros de la Policía
Nacional y el Ejército.

El Almirante Jorge Temístocles ordenó al comandante de
las Fuerzas navales que los cañones de los buques apuntaran
mar afuera. El General Contreras no se había enterado que el
presidente había ordenado el acuartelamiento del ejército, y
continuó con su plan original. En poco tiempo, dos tercios de la
capital quedaron bajo el control de sus tropas.

El aparentemente abatido presidente no tuvo más
recurso que salir de la capital hacia la finca de su familia,
situada en el valle fértil de La Vega. El asistente personal
del presidente, el esforzado Teniente Coronel Ismael Genao,
hijo del Comandante Sabino Genao, quedó encargado de las
operaciones diarias en el Palacio Presidencial.

Una semana después, el General Arístides se puso
en contacto con el General Contreras, y éste último declaró
públicamente que no estaba interesado en un Golpe de Estado,

Pero que estaba listo para firmar un acuerdo de paz, y reconocer finalmente la legitimidad de un gobierno civil.

Mientras tanto, soldados de ambos bandos seguían enfrascados en pequeños encuentros violentos en diferentes sectores de la capital. Desde el centro de la ciudad de La Vega, rodeado de los viñedos que producían los mejores vinos del país, el presidente estaba al tanto de los acontecimientos en la capital, esperando el momento oportuno para el contraataque.

Así estaban las cosas cuando el presidente llamó al General Arístides a su despacho improvisado en el campo.

—A la orden, Señor Presidente—le dijo Arístides, un hombre leal e inteligente, un locrio de ojos claros de Jarabacoa, de casi dos metros de altura.

—Necesito que usted envíe un mensaje al Teniente Coronel Ismael al palacio, diciéndole que se presente ante mí lo antes posible. Cuando llegue, le daremos instrucciones específicas en relación al acuerdo de paz que anticipamos firmar con el General Contreras y sus tropas. El Coronel Ismael ha demostrado lealtad y alto coraje en el pasado, y la verdad es que no hay otro como él a quien podamos enviar como representante—le dijo el presidente.

—Pero, Señor Presidente, ¿un coronel para tan importante misión?—le observó el General Arístides.

—Usted lo va a diputar como su representante militar, y lo enviará para que asuma responsabilidad en todo asunto oficial, en nombre de la Jefatura de Estado Mayor. Los rebeldes están moralmente derrotados—le dijo el presidente al General Arístides.

—Sin embargo, señor, posiblemente haya algunos entre ellos, quienes motivados por una actitud heroica, deseen empeorar las cosas. La verdad es que la situación es tan precaria que el asunto puede salirse del control del propio General Contreras, y ser el comienzo de otro enfrentamiento. Me imagino que los americanos están deseosos que usted les pida que intervengan—le dijo Arístides.

—Jamás. No les daremos una excusa a los gringos a venir a intervenir en nuestros asuntos internos—afirmó Alberto.

Esa misma noche, tres soldados llegaron al palacio sin ser detectados, y despertaron a Ismael.

—Coronel—llamó uno de los soldados desde uno de los pasillos, sin saber en cuál de las habitaciones dormía el coronel.

—No se mueva—susurró una voz en la oscuridad, sosteniendo una pistola detrás de la oreja del soldado.

—No dispare, he venido con un mensaje del presidente, con órdenes de escoltarlo hasta el despacho del mandatario—le suplicó el soldado.

—Disculpe, señor, pensamos que estaba dormido—le dijo el otro soldado.

—Yo nunca estoy tan dormido. Muéstreme la orden firmada— demandó el coronel.

Con manos temblorosas, el soldado sacó un papel del bolsillo de su camisa, y se la mostró.

—¿Vienen solos?—preguntó Ismael.

—Hay dos más esperando afuera—respondió el soldado.

Después de estar convencido que no eran de los enemigos, Ismael guardó la pistola, y el papel firmado en el bolsillo, y les ordenó salir.

Ismael fue escoltado ante el presidente. Al entrar, el presidente se puso de pie, y sus dos generales saltaron como resortes a su lado. El mandatario sugirió que salieran a caminar entre los viñedos.

En la distancia, algunos campesinos y aldeanos trabajaban en el campo, en los viñedos y en los establos; otros enganchaban ollas, jarros y calderos de aluminio en los alambres de la cerca. Las abejas pululaban en la distancia, y el olor a fermento alrededor de los lagares y alambiques llenaba el aire de la tarde. Una brisa fresca traía consigo olor a humedad, anunciando las lluvias tardías. Pronto sería la vendimia; los trabajadores temporales regresarían a sus casas, mientras los locales quedarían ocupados en los almacenes.

Catavino, el padre de Eugenio y empleado de la familia Buenavista, era capataz y guardián de la finca, vivía ahí desde que tenía doce años de edad. Tenía un hato de cerdos al fondo de la finca, cerca de una cabaña sin paredes, con una mesa larga y rústica en el centro.

Después de haber engordado el cerdo más grande durante todo el año, Catavino lo horneaba en un horno de barro cavado en la tierra afuera de la cabaña para la cena de Nochebuena. En la mesa rustica, con el cerdo en el centro, ponían toda clase de víveres, vegetales y vino en cantidad. Los miembros de la familia presidencial, y los empleados, desde el más humilde hasta el viejo capataz, hacían una gran fiesta, comiendo y bebiendo hasta saciarse. La fiesta duraba hasta la madrugada, cuando el sueño los abrazaba en su inconsciente regazo.

Desde la puerta de la casa principal, el viejo Catavino, flanqueado de Serio y Mimí, los nietos de Cara, la Doberman que se había criado a sus pies, observaba al presidente y al Coronel Ismael, seguidos de los dos generales. Para el presidente, Catavino era más que un capataz, llegó a formar de su familia, especialmente después que Eugenio se fue a estudiar a la capital. Catavino entró a la casa, seguido de Serio y Mimí y cerró la puerta detrás de él. El viejo capataz vivía ansioso, cada día, esperando escuchar noticias de su unigénito.

—Antes de nada, déjeme decirle coronel, que la muerte de sus padres fue una tragedia y una pérdida para el país—le expresó el presidente.

—Gracias, Señor Presidente—le dijo Ismael.

—Lo llamé para decirle personalmente que el hombre valeroso que conocí como su padre, llevaba una nota en su bolsillo el día que murió, con una información altamente confidencial, diciendo que yo sería puesto bajo arresto—dijo el presidente.

—El mensaje hallado en el cuerpo de mi padre, ¿era falso?—preguntó Ismael.

—Así es, y el General Contreras está esperando que yo sea arrestado para lograr sus objetivos—le contestó el presidente.

—Señor, ¿y cuáles son sus motivos y sus objetivos?—le preguntó el coronel

—Supongo que la motivación del general es dominar con el miedo y el fusil tanto a la población como al gobierno civil. Mi abuelo lo hizo durante muchos años, y no podemos regresar a los días cuando los uniformes militares eran los símbolos del poder—le dijo el presidente.

—¿Por qué me escogió usted como su asistente personal?—preguntó Ismael.

—Fue por sugerencia del propio Comandante Genao. Esa fue su manera de protegerlo—respondió el presidente.

—Mi padre es un héroe—dijo Ismael.

—Sí, su padre es un héroe. Luchó valientemente para protegerlos, a ti y a tu madre. Y hoy, cuando se supone que tengo la oportunidad de protegerte, te envío a exponerte al peligro de muerte—dijo el presidente.

—Señor Presidente, soy hijo del Comandante Genao, y usted es mi comandante, al que debo lealtad. La muerte de mis padres ¿tiene algo que ver con la razón de haber sido llamado por usted hoy?

—Cada uno tiene su razón para desear que el derramamiento de sangre llegue a su fin. Nuestra gente ha sufrido mucho, sin importar con qué bando se identifique cada uno—dijo el presidente.

—Me he cuestionado, una y otra vez, por qué mi padre se mantuvo leal al General Contreras, conociendo sus razones y motivos—dijo Ismael.

—Hijo, todo sucedió tan de repente que familias, amistades, y soldados de la misma milicia, de la noche a la mañana, quedaron parados, mirándose de frente, en vez de al mismo lado. Una cosa es clara, los Contreras cruzaron la línea cuando mataron a tu madre, su propia familia, por su insaciable deseo de control de poder. Las tropas aliadas a ellos están desmoralizadas, y de acuerdo a los reportes, les falta municiones y otros abastecimientos—dijo el presidente.

—¿Reportes? Sabemos que los reportes pueden estar equivocados—dijo el coronel.

—Es por esa razón que debemos asegurarnos que el General Contreras no esté fraguando un plan macabro. Lo que hemos hablado aquí es altamente confidencial—dijo el presidente.

—Ya es hora, Señor—interrumpió el General Arístides.

En el camino, Ismael pensó que el presidente lo había mandado a buscar no sólo para discutir asuntos oficiales. Sospechó que la plática no había terminado, y que el presidente fue interrumpido justo cuando se preparaba para decirle algo importante. No sabía. Llegar ante el General Contreras lo llenaba de terror, por eso mejor decidió concentrar su atención en la misión que tenía por delante.

Unos momentos antes de entrar a ver al general, Regina Arache se le había acercado a Ismael, proponiéndole que considerara cuidadosamente sus palabras en el transcurso de su plática con el General Contreras.

—Coronel, usted conoce a todos aquí. Todos aquí vestimos el mismo uniforme, dispuestos a pelear por la misma causa—declaró el General Lucho Contreras.

—General, he venido por instrucción del General Arístides para negociar el cese de fuego entre las tropas bajo su mando, y las tropas leales al presidente. ¿Estoy equivocado?—preguntó el Coronel Ismael.

—No. No está equivocado, coronel—le contestó el general.

—Entonces, debo asumir que usted firmará el documento, atestiguado por dos de sus asistentes, y que me enviará de regreso para que cumpla con la misión que se me ha encargado. ¿Estoy equivocado en eso, mi General?—preguntó otra vez Ismael.

—Hijo, me temo que las cosas no son así de fáciles. Creo que eso no será posible—le respondió el General Contreras, poniéndose de pie, ordenando la detención del coronel.

Al filo de la media noche, hora en la que se suponía que el coronel estuviera de regreso en el palacio, un mensajero fue enviado para contarle al presidente de los acontecimientos.

—No hay noticias del Teniente Coronel Ismael—decía la nota. Era casi la una de la mañana.

—Debemos atacar esta misma noche—propuso el impetuoso Temístocles.

—*Atrapar a Bruto* es un buen plan. Debemos continuar según lo acordado—contestó Arístides, refiriéndose al plan de atraer, con alevosía, al General Contreras hasta La Vega.

La idea de trazar un paralelo entre Arístides y Marco Junio Bruto fue concebida por el mismo Temístocles. La reputación de Arístides impediría que el General Contreras sospechara de la razón para invitarlo a La Vega, de la misma manera que Julio Cesar jamás sospechó de la lealtad del Senador Bruto, a quien consideraba un hombre honorable.

CAPITULO XI

MUERTE EN LA FINCA

El General Arístides advirtió que debían proceder con cautela. Ninguno quiso mencionar la palabra *deserción*, aunque era posible que el Coronel Ismael se hubiese pasado al otro bando. El General Contreras era un tipo carismático, jovial, de casi dos metros de estatura.

El presidente, visiblemente molesto y afligido, movía la cabeza de un lado a otro, diciéndose a sí mismo que Ismael no podía ser un desertor.

Temprano en la mañana, Lucho Contreras envió un mensaje con un soldado.

—Señor Presidente, si desea ver a su hijo ilegítimo vivo, por favor no haga nada que le pueda costar la vida. El Coronel está bajo arresto. Usted ha demostrado mala fe desde el principio.

El presidente le envió una nota de regreso.

—¿Qué es lo que propones?—

—Su renuncia a la presidencia. El pueblo debe saber la verdad—le contestó el General Contreras.

—Si el pueblo hubiera estado con usted, lo hubiera elegido presidente. ¿Por qué no dejamos que el pueblo decida? Ponga al Coronel Ismael en libertad de inmediato, ileso, y prometo no presentar cargos de secuestro agravado en su contra, y dejemos que el pueblo decida, entre usted y yo, el día de las elecciones nacionales, dentro de tres meses—le propuso el presidente.

—En tres meses pueden suceder muchas cosas. Esto se decide hoy mismo. Renuncia o muere el coronel—le respondió el general.

El rostro de Alberto se tornó pálido, quiso levantarse de donde estaba sentado, pero la silla debajo de él cedió, perdió el balance y se golpeó la cabeza con la esquina de la pared. Al momento que logró recuperarse, el General Arístides, que además de ser el Jefe de Estado Mayor, era su amigo de infancia, le dijo:

—Señor Presidente, lamento decirle que queda usted bajo arresto. La estabilidad de la nación está en juego, y sólo la Jefatura de Estado Mayor, fiel a la constitución, puede garantizar la seguridad del pueblo, aunque sea a través de la fuerza, por el bien del pueblo.

Una hora más tarde, Pupo Contreras recibió un mensaje de Arístides, firmada y atestada por el Almirante Temístocles, que decía:

"Nuestra pequeña nación ha sufrido muchas pérdidas de vida. Especialmente durante el presente conflicto, se ha derramado, innecesariamente, la sangre de nuestros hijos. El futuro de la nación está en su juventud, un futuro que vendrá sólo con promesas de seguridad y libertad. La responsabilidad del Almirante Temístocles y de un servidor es la de servir a la Nación, prometiendo lealtad a la constitución y seguridad nacional, bajo el mando legítimo de un presidente civil, según la voluntad expresada por el pueblo en las urnas. Por este medio, el Almirante Temístocles y un servidor, afirmamos respetar la tradición democrática que ha definido la historia del país, desde que nos liberamos de la opresión de Juan Buenavista.

Le notifico por este medio que el Presidente José Alberto Buenavista está bajo arresto. Le propongo la creación de un triunvirato temporal, compuesto de hombres de buena reputación, algunos de los cuales están actualmente sirviendo al pueblo en entidades administrativas.

Ahora bien, a pesar de que el presidente está bajo arresto, la constitución no me otorga, ni a ningún oficial uniformado, asumir la presidencia. Sin embargo, en asuntos de seguridad nacional, como Jefe del Estado Mayor de las Fuerzas Armadas, me corresponde velar por que la transición gubernamental se lleve a cabo pacíficamente, y dentro del marco constitucional.

Le extiendo una invitación para que personalmente se cerciore del arresto del presidente, y creo que con esta acción, debe quedar satisfecha su demanda anterior: La renuncia del presidente, realizada frente su persona. Mi motivo personal, aunque difícil para mí, es contribuir para que el país tome un paso hacia el cese a la guerra civil, y para que nuestra gente se dirija a fortalecer las bases de la institución de la justicia. A la misma vez, según su demanda, pretendo conseguir la inmediata liberación del Teniente Coronel Ismael Genao."

Firman,
General Miguel Ángel Arístides
Almirante Jorge Temístocles
Jefes de Estado Mayor de las Fuerzas Armadas

No fue hasta esa misma noche que la Coronela Regina Arache se enteró que Ismael era hijo ilegítimo del presidente, y no de Sabino. Lucho Contreras tenía sus razones personales por no haber compartido la información con Regina, ni con ninguno de sus oficiales más cercanos: Marina, la madre de Ismael, era sobrina de Lucho, y cuando los padres de ambas familias se enteraron que la muchacha estaba encinta de Alberto, la sacaron secretamente de la capital, forzándola a abandonar sus estudios. De igual manera, los padres de Alberto lo enviaron a estudiar al extranjero para alejarlo de la familia Contreras, poniendo como excusa que lo estaban protegiendo del peligro y de la inestabilidad política durante el gobierno de su tío.

Sabino Genao era primer teniente cuando contrajo matrimonio con Marina, y el niño de dos años de edad para entonces, creció pensando que Genao era su padre biológico. Genoveva y Canela tampoco sabían que su apuesto medio-hermano era el hijo ilegítimo del presidente.

Al General Contreras le pareció bien lo planteado por el General Arístides, a quien consideraba un hombre justo y verdadero. Sin embargo, el arresto del Coronel Ismael Genao le serviría de garantía.

Tres días después, en compañía de los más diestros en tácticas de guerra de guerrillas, y de Regina Arache, el General Contreras llegó a las afueras del centro de la ciudad de La Vega. Cuando las tropas leales al general llegaron al centro de la ciudad, todo se veía desierto. Las casas se veían deshabitadas y los negocios vacíos, como si la población hubiese corrido a esconderse de una plaga que se avecinaba. En la distancia, las montañas de la Cordillera Central, se veían como la vértebra de un gigante tendido boca abajo a lo largo del valle.

Allí acamparon durante dos días, al cabo de los cuales, el General Contreras envió un mensaje al General Miguel Ángel Arístides, diciéndole que llegarían en corto tiempo. Dos columnas de soldados avanzaron en dirección a la finca. La primera columna la dirigió el mismo general, mientras Regina Arache lo seguía, dirigiendo a sus tropas en dirección a Corocito, hacia el Noreste.

Algunos soldados caminaban, otros iban en camiones, seguidos de varios vehículos pesados. En menos de media hora, llegaron a los linderos de la finca. Los camiones y vehículos quedaron estacionados afuera del gran portón de hierro de la finca. Ninguno estaba familiarizado con el área, el general no había ordenado estudiar la disposición geográfica de la finca, una simple rutina de la cual Regina Arache debió asumir responsabilidad. Los soldados desfilaron, desplazados en formación de combate.

Cuando la mayoría de los soldados cruzó el portón de hierro, los defensores de la finca salieron al ataque. La línea de defensa estaba compuesta de agricultores y campesinos, incluyendo a jóvenes y mujeres viejas. A la señal, los defensores chocaron azadones contra rastrillos, picos contra palas, y lanzando piedrines contra los utensilios de aluminio que estaban enganchados en los alambres de púas del cercado. El ruido, una táctica militar tan vieja como el asalto a Jericó, confundió a los soldados.

Los soldados bajo el mando del General Contreras, aunque eran expertos en guerras de guerrillas, no conocían el número de soldados que enfrentaban, ni en qué dirección disparar. Sus filas fueron esparcidas, y sin un plan de ataque o sentido de dirección, perdieron la iniciativa y se tiraron al suelo, hasta que lograron reagruparse en grupos de doce, como habían sido entrenados. Tres horas después, lanzaron un contraataque.

La Coronela Regina Arache logró comunicarse con su yerno, el Capitán Jesús Arcilla en la capital, pidiéndole refuerzo. Las tropas de reserva no llegarían hasta dentro de cinco horas, le notificó su yerno. Ella tendría que mantener la línea de defensa.

Las primeras lluvias tardías empezaron a caer. El tiempo de la vendimia había pasado. La hora del día y el clima favorecían a los defensores.

El presidente estaba escondido en un lugar secreto al Norte de la finca. En el Sur, el General Miguel Ángel Arístides dirigió a seis soldados en dirección al Poniente. Temístocles dirigió a tres soldados hacia el Este, creando un cerco alrededor de Regina Arache. Diez, era el número total de los soldados que habían sido llamados a defender la finca.

El soldado que iba al frente del Almirante Temístocles descubrió la posición de la coronela. La apresaron, desarmaron, y condujeron ante Temístocles, varón leal y valeroso, pero brutal, de manos ásperas, como pilones gigantes de moler café.

En las barracas del Colegio de la Basa Naval, los reclutas contaban la anécdota de cuando un subalterno le trajo una noticia desagradable a su despacho. Decían que el almirante levantó sus manos sobre la cabeza, y las dejó caer con tanta fuerza sobre el escritorio que lo partió por la mitad, y que los pedazos de madera y papeles encima del escritorio volaron por todos lados.

El Almirante Jorge Temístocles tomó a la coronela del brazo, le soltó las amarras, y la condujo detrás de unos matorrales, pero justo cuando se alistaba para dispararle en la parte de atrás de la cabeza, la coronela le dijo:

—Almirante, de frente, por favor. Permítame morir como soldado, frente a la muerte. Es el honor de todo soldado.

El almirante accedió, y sin inmutarse, la ejecutó de un disparo en la frente. Temístocles se aseguró que sus tres soldados no presenciaran la ejecución.

Mientras tanto, las tropas de Pupo Contreras, aunque habían brevemente tomado la iniciativa durante las primeras horas del contraataque, no veían a los soldados leales al presidente.

El General Arístides había ordenado que las luces de los establos y de las casas se mantuvieran apagadas. La noticia de la muerte de la Coronela Regina Arache causó consternación en todo el país y lloro y gran lamento en la capital.

Sin más tropas de reserva, el Capitán Jesús Arcilla hizo un llamado a la población civil, para que se dieran cita en La Vega, para a reforzar a las tropas del General Pupo Conteras. A la una de la mañana, un puñado de voluntarios llegó a la plaza principal, entre ellos Genoveva y Canela. Jesús Arcilla se les opuso vehementemente, pero las muchachas insistieron hasta prevalecer. Al ver su resolución, los demás cobraron ánimo y se vistieron de valentía.

—De acuerdo, pero manténganse a la par de los oficiales—les aconsejó el Capitán Arcilla.

Las primeras tropas de reserva que habían sido despachadas en horas de la tarde del día anterior, no llegaron a La Vega sino hasta el día siguiente. Sin señalizaciones en el camino, la columna de soldados aparentemente había tomado el camino equivocado, y terminaron en un paraje sembrado de caña de azúcar cerca de la carretera de la costa. Estuvieron perdidos hasta un poco antes de salir el sol.

Mientras tanto en La Vega, las lluvias habían causado grandes baches. Al despuntar el alba, los soldados estaban enlodados hasta las orejas. Viendo que sus soldados eran los únicos que vestían el uniforme de color terracota, el General Pupo Contreras les ordenó salir de la finca.

Cuando los soldados se colocaron detrás de la cerca, en un acto de desesperación, el General Pupo Contreras caminó hasta el centro de la finca, sosteniendo una pistola sobre la cabeza del hijo del presidente.

El presidente salió de su escondite, y se dirigió al centro de la finca. Al llegar hasta donde estaba el General Pupo Contreras, los últimos soldados de reserva, y el Capitán Arcilla, se habían unido a los espectadores, observando el encuentro entre el general y el presidente.

—Renuncias o muere el coronel—dijo el general.

El Capitán Jesús Arcilla, parado detrás de la cerca, sabía que si el General Contreras apretaba el gatillo el derramamiento de sangre no se detendría, y le dijo:

—Mi General, tiene que haber una mejor solución. Hemos llegado muy lejos para considerar que la ejecución del hijo del presidente sea una alternativa realmente viable y beneficiosa para alguien.

El Capitán Jesús Arcilla caminó hasta el centro de la finca, y ordenó a las tropas no disparar.

—Mi general, aquí no hay otros soldados más que nosotros, y los defensores de la finca son todos campesinos. Mire a su alrededor, y notará que el presidente está rodeado de los miembros de la Jefatura de Estado Mayor, el General Arístides, el Almirante Temístocles, y usted.

—¡Traición!—dijo el General Contreras con indignación, sosteniendo el arma contra las sienes de Ismael.

Uno a uno, los soldados detrás de la cerca bajaron sus armas. Genoveva y Canela también cruzaron la cerca, y se acercaron cautelosamente hasta a donde estaban el General Contreras, el presidente, Ismael y Jesús Arcilla.

—General, nuestra madre murió aquí, en una guerra falsa. La muerte de una persona más ya no tiene sentido—dijo Genoveva.

El General Pupo Contreras dio un paso atrás y bajó la mano con la que sostenía la pistola. Los siguientes momentos fueron de incertidumbre. Ninguno sabía qué hacer. En ese momento, Jesús Arcilla se acercó con la intención de persuadir al general para que le entregara el arma.

Mientras el capitán se preparaba para quedar de frente al general, el presidente dio un paso al frente con la intención de quitarle las amarras a Ismael. El capitán le pidió una segunda el arma al general, y cuando este levantó la mano para entregársela, Canela sacó la pistola que cargaba dentro de la manga de su camisa. Genoveva también sacó la suya, una le apuntaba al General Contreras y la otra al presidente.

—Nadie más debe morir, sólo ustedes dos, por haber causado miseria a nuestro pueblo, y por ser los responsables directos de la muerte de nuestros padres—dijo Genoveva.

—No más—gritó Eugenio, al momento que atravesó el portón, uniéndose a su amigo, el Capitán Jesús Arcilla, a su esposa y a su cuñada, en el centro de la finca.

Canela haló el gatillo, la bala rozó el brazo derecho del presidente, y se alojó en el ojo derecho del General Contreras. El general cayó de rodillas en el lodo, sobrecogido de dolor.

Eugenio se abalanzó sobre Genoveva, y ambos cayeron al suelo. Se oyó otro disparo, y el cuerpo de su bella esposa quedó inmóvil debajo de él. Viendo a su hermana muerta, Canela tornó su pistola hacia el general.

Ismael, maniatado aún, intentó empujar a Canela con el hombro y la pistola se disparó, penetrando en la frente del coronel. Ismael se desplomó. El hijo que no corrió libre por la finca cuando era un niño, ni disfrutó de las cenas y las fiestas, yacía muerto frente al padre ausente. Así murió Ismael, el hijo del mandatario, maniatado, mirando a su padre y a su media hermana.

La fuerza de las manos y de las rodillas abandonó al padre cuando vio su hijo, mirándolo fijamente, tirado frente a él. Ninguno vio al Almirante Temístocles detrás de Canela. Un sólo disparo detrás del oído derecho envió a la ojizarca al mundo de los finados, a donde sus padres la esperaban.

Al final del día, cuando la oscuridad de la noche había arropado a todos con su manto, el lodo y la sangre de la valerosa Regina Arache y la de su yerno, el Capitán Jesús Arcilla, se mezclaron en un testimonio de lamento y muerte.

Muerte en la finca.

Tambaleando, el presidente, acompañado de Arístides y Temístocles, se dirigió a la casa principal de la finca. Detrás de la ventana del segundo piso, con los ojos cansados de llorar por su unigénito, el viejo Catavino se esforzaba para ver a través de la oscuridad. Un fuerte olor a carne humana desgarrada y de pólvora, llenó el aire.

El capataz Catavino vio la figura de un soldado que se acercó a la puerta, y a otros que le seguían detrás a menos de cinco metros. Le pareció reconocer la forma de caminar de su hijo. Al darse cuenta que era su unigénito, el corazón le dio un vuelco, llenándolo de alegría. El viejo abrió la ventana de madera del segundo piso para saludarlo, y para animarlo a que no se detuviera, diciéndole que entrara hasta la casa.

La puerta principal de abajo también se abrió, y como Titanes que habían estado encadenados durante largo tiempo en el Tártaro, Serio, seguido de su hermana Mimí, salieron corriendo, abalanzándose sobre el soldado herido.

—Serio, Mimí, ¡no!

Así gritaste desde la ventana, capataz Catavino, lazándote del segundo piso al ver a los canes desgarrar la piel y derramar las entrañas de tu unigénito. Tus tobillos y tu cadera se quebraron. Jamás podrás gustar el vino que siempre llenó de alegría tu corazón.

Lamento sobre lamento. Lágrimas sobre lodo. Alma y piel desgarradas por los colmillos de la tragedia.

Más muerte en la finca.

El médico del presidente logró desalojar la bala del General Contreras, pero para entonces había perdido mucha sangre. Antes de la media noche, el Barón del Cementerio lo recibió en la Sala de los Grandes en el mundo de los muertos.

Eugenio se recuperaba de las múltiples heridas en el hospital cuando su padre, el viejo Catavino, fue enterrado en una esquina de la finca, cerca de la raíz madre de la vid. Con los ojos cerrados, el capataz contemplará, para siempre, la madre raíz de la vid en la oscuridad eterna, sembrada en el corazón del valle de La Vega Real.

Alberto Buenavista regresó a la capital y a su despacho en el Palacio Presidencial. Una nota enviada a la prensa a través de todo el país afirmó, enfáticamente, que con la muerte del General Contreras, la Policía Nacional, en cooperación con la agencia americana, la DEA, había puesto fin a un plan multimillonario de utilizar varios aeropuertos para el narcotráfico.

A fin de ese mismo año, los allegados principales al presidente, y los empleados de la finca recibieron una botella de vino de la reserva de cinco años, porque la del año anterior se había perdido. El presidente envió a decir a los empleados de la finca familiar que no mataran el cerdo que Catavino había engordado, y que ese año no se celebraría la acostumbrada fiesta de Noche Buena.

A principios del año siguiente, el presidente prohibió que en los actos públicos apareciera detrás él, un militar usando lentes oscuros.

Poco a poco, el país regresó a la normalidad, pero las cosas entre el General Miguel Ángel Arístides y el Almirante Jorge Temístocles no andaban bien. Como Jefe de Estado Mayor, Miguel Ángel era superior a Temístocles, pero el almirante era temido por todos, inclusive por el presidente. La muerte de la Coronela Regina Arache se convirtió en un punto de contención y de enemistad entre ambos.

El presidente sabía que Temístocles tenía aspiraciones políticas, pero les advirtió a ambos que por la unidad del partido y de la nación, debían sacrificar sus ambiciones personales, y dejar que él mismo escogiera la planilla que incluiría al próximo candidato presidencial. Alberto no les dijo que ya se había comunicado con José Marte, ofreciéndole la candidatura a la presidencia del país.

Además, como la constitución no le permitía postularse para otro término, lo último que el partido necesitaba era un enfrentamiento abierto entre los dos militares de mayor rango en las Fuerzas Armadas.

Para aliviar las cosas, Alberto convenció a Temístocles que presentara su renuncia, y que aceptara el puesto de Cónsul General de la República, con residencia en la ciudad de Nueva York.

Después de considerar la propuesta, Temístocles aceptó la oferta, y salió del país, cargando con sus credenciales diplomáticas.

Al final de las guerras, algunos son recibidos como héroes o enviados al extranjero como diplomáticos, mientras otros llevan flores al cementerio.

Todos los meses, Eugenio visitaba la tumba de Genoveva y Canela en el Cementerio de la Independencia, y vertía una botella de vino de la mejor reserva frente a la tumba de su amigo, el Capitán Jesús Arcilla, localizada a un tiro de piedra del Teniente Coronel Ismael Genao. No muy lejos, descansaban los restos de la Coronela Regina Arache y los de sus esposo, el Comandante Sabino Genao.

Una tarde, al regresar del cementerio, Eugenio halló una carta en el buzón de su apartamento, era de Roberto, su compañero de estudios de la universidad.

Querido Amigo:

Mis viajes misioneros me han llevado por diferentes ciudades de Asía, Europa y África. De paso, no creo haberte agradecido la invitación a tu boda en las Terrenas. Pero en ese tiempo una conferencia en Lisboa me impidió poder llegar a tiempo

Amigo, siento mucho la muerte de Genoveva y de Canela. Supe que visitas el cementerio todas las tardes. Eres libre. ¿Por qué buscas entre los muertos a la que vive? *Ella* no muere ni envejece, y como la Unigénita de los dioses, se ríe de la muerte, la artritis no puede torcer sus largos y sensuales dedos. En el cementerio de la Independencia no tendrás una epifanía de ángeles de ojos grandes y llenos de vida. Búscala, y la verás caminando en la dirección contraria a la tuya.

Tu amigo,
Roberto

CAPITULO XII

EL BAILE DE LOS MILLONES

En Nueva York, José Marte recibió una llamada de Angelita, alertándolo de la llegada de Temístocles a la Gran Manzana. José Marte le pasó la información a Carlos, y entre ambos procuraron un apartamento para la familia del cónsul, en la calle 107 y la avenida Broadway.

Cuando Temístocles llegó a Nueva York, Carlos estaba en su segundo año de libertad condicional, y vivía en el mismo espacio comercial donde tuvo su primer punto de distribución, el colmado La Gloria, en la calle Green. Detrás de una pared de tabla yeso, escondió las dos bolsas con el dinero que José Marte le había entregado el día que salió de la isla prisión. Mandó a instalar un portón corredizo de hierro en la parte del frente, y en el patio, una puerta de metal. La aseguró con una cadena y un candado. Compró un catre, y dormía en el espacio vacío, sin muebles.

Todos los días, almorzaba y cenaba en un restaurante que compartía el mismo espacio con la entrada a la estación de los trenes L y M, en la avenida Myrtle esquina avenida Wyckoff, a una cuadra de la antigua discoteca Casa Borinquen.

Jamás tendría que proyectar la apariencia de tener dinero, ni debía tener una cuenta de banco que excediera más de lo que podía justificar como entradas legales de un empleo. Para mantener las apariencias, comenzó a trabajar como taxista en una compañía localizada en la avenida Bushwick, en la confluencia de las avenidas Pennsylvania y Fulton, justo donde empieza el Jackie Robinson Parkway.

—Carlitos, ¿dónde está tu esposa?—le preguntó su madre un día que ella lo llamó por teléfono.

—Está viviendo actualmente con sus padres en New Jersey. En cuanto pueda, la voy a buscar—le contestó Carlos.

—Yo amo a mi país, tú lo sabes mejor que nadie, pero tu hermano y yo queremos irnos a vivir a Nueva York por un tiempo. Juntos buscaremos a Ciara, y seremos una familia—le propuso su madre.

Carlos aceptó.

Antes de fin de año, acompañado de su madre y de su hermano Armando, Carlos visitó a Ciara en Nueva Jersey. No queriendo atraer la atención de las autoridades hacia Ciara y sus padres en Nueva Jersey, dejó pasar alrededor de un año antes de verla.

Ciara se veía llena de vida, encantadora, como el día que la conoció en el Copa. La luz de la vida irradiaba a través de sus ojos. En el patio de la casa, Carlos tomó a su esposa entre sus brazos, y mirándola fijamente a los ojos, le dijo que la amaba, y que nunca más se separarían.

Cuando Ciara le preguntó por qué se iban a vivir a Bushwick, Carlos le dijo que no podían aún mudarse de Nueva York y que no les convenía vivir en el Alto Manhattan.

La dueña del edificio en la calle Green murió y sus hijos decidieron vender la propiedad. Carlos lo compró a nombre de su hermano Armando.

A insistencia de José Marte, por sugerencia de María de los Ángeles, Carlos visitó a Temístocles en su apartamento.

—Me enteré que deseas salir de Nueva York—le comentó el cónsul.

—¿Cómo se enteró...? No importa—le dijo Carlos.

—Invíteme a tomar un cortadito, y te lo agradeceré—le pidió el cónsul.

—¿Cómo?—le pregunto Carlos.

—Acostumbro a tomarme un cortadito después de la cena.

—¿A dónde quiere ir?—le preguntó Carlos.

—Escuché que en Cleveland se cuelan uno de los mejores cafés importados de Sur América—respondió el cónsul.

—¿Conoce usted a alguien en Cleveland?—le preguntó Carlos sorprendido.

—Personalmente, a ninguno. Pero me imagino que tú conoces a algún pelotero de grandes ligas con quien podamos almorzar y tomar café en Cleveland—respondió el cónsul.

¿Cleveland? Obviamente, Temístocles había averiguado, de seguro a través de contactos, que Moisés Velasco vivía en la ciudad portuaria de Cleveland.

Cuando salió de la residencia del cónsul, Carlos entendió que donde él se había detenido, debido a sus problemas legales, otros habían continuado, y que Temístocles formaba parte de una cadena que envolvía a grandes figuras políticas y militares de su país.

Dos semanas después, mientras pasaban por el centro de Pennsylvania camino a Cleveland para encontrarse con Moisés Velasco, grandes formaciones de nubes empezaron a oscurecer el cielo. Almorzaron en un restaurante del puerto. Carlos se mantuvo callado, a la periferia de la conversación entre Moisés y Temístocles.

En el camino de regreso a Nueva York, el cónsul le dijo:

—Estás haciendo lo que el partido espera de ti. No más.

Carlos no respondió, se mantuvo en silencio el resto del viaje.

Pasando Allentown, empezó a llover. Mientras manejaba, Carlos se acordó que mientras estaban sentados cenando el día de Acción de Gracias, Armando y Tomasa hablaban de la parábola del hijo que regresó a casa, y que después de haber malgastado su herencia, fue recibido y perdonado por el padre. ¿Era muy tarde para confesar y ser perdonado? Pudo decirle que no al cónsul. ¿Por qué no lo hizo? Ni siquiera lo intentó. Era muy tarde. Él era un jornalero al servicio del narcotráfico; los hijos pródigos en verdad no regresan a casa.

¿Qué haría?, ¿confesar? Las confesiones y las enmiendas se hacen en privado, en la sala de una corte, frente al altar de una iglesia, o en la oscuridad del sótano de un colmado que antes fuera un punto de distribución de cocaína. Ningún acto de contrición personal detendría la bachata millonaria del narcotráfico.

CAPITULO XIII

El Lambicero y La Señora Karina

Pensando que de alguna manera se las arreglaría para hacer que su dinero lo siguiera hasta la Isla, Carlos solicitó varias veces que lo deportaran. Pero no lo deportaron. Al contrario, debido a una cláusula en el acuerdo negociado entre él y las autoridades, Carlos no podía viajar fuera del Estado de Nueva York, no sin permiso previo de la agencia estatal de libertad condicional.

Rafi tuvo mejor suerte. Fue apresado en una redada en Manhattan, y al cabo de cuatro meses, fue deportado. Según lo requerido por la ley local, Rafi se presentó ante la Corte de Justicia para registrarse en una lista de presos en la lista de deportados. El privilegio de tener una licencia de manejar le fue revocado, y tuvo que entregar su pasaporte.

Sin mucho que hacer, Rafi visitaba a su tía Carla en Boca Chica todos los fines de semana. Carla aún vivía en la casa del frente donde él nació, a la par de la clínica de ayuda social del doctor Francisco Rohena, con quien de vez en cuando se encontraba para conversar. Sus ocho primos se habían ido a vivir al extranjero, algunos a Estados Unidos, otros a Europa.

—La verdad es que al escucharte hablar me parece estar escuchando la voz de tu padre cuando tenía la misma edad tuya. Déjame ver tus manos. Mira Kari, continuó dirigiéndose a su esposa, carajo, las mismas manos de su padre—le dijo el Doctor Rohena a su esposa.

—Tu tía Carla siempre mencionó orgullosamente al sobrino que se había ido a trabajar a Nueva York, y que nunca se olvidó de ella, enviándole dinero mensualmente. He visitado a Nueva York varias veces, y en el invierno hace un frio imperdonable, especialmente para un hombre joven como tú, que viene de un país tropical—le dijo Karina.

Después de Rafi explicarle que se había cansado de la vida en Nueva York, el Doctor Rohena le preguntó si quería trabajar con él, haciendo pequeñas reparaciones y dándole mantenimiento a sus propiedades, cobrando las rentas, y otras diligencias. Rafi aceptó el trabajo, y el doctor le ofreció un estudio en una de sus casas de la playa en Juan Dolio.

Seis meses más tarde, Rafi llevó al doctor al aeropuerto. En el camino, el doctor le pidió a Rafi que recogiera las rentas de las casas de Juan Dolio, y ese mismo día le entregara el dinero a su esposa.

Una semana después, cuando el doctor regresó, halló a su esposa muerta, y a Rafi recluido en la prisión La Victoria, acusado de homicidio.

El reporte policíaco decía que a la hora del suceso, estaba nublado y había pocos bañistas en la playa. Por esa razón, según el reporte, sólo tres personas se presentaron como testigos, un hombre y dos mujeres, los cuales identificaron a Rafi como el perpetrador del crimen.

Lo que lo condenó, sin duda, fue que cuando llegó la policía, Rafi empuñaba el objeto que había causado las heridas de muerte: un pedazo de vidrio que sostenía en la mano. No se hallaron en la escena del crimen otras huellas digitales más que las de él. Además, tras las investigaciones se encontraron evidencias que indicaban que él había estado en casa de la víctima la noche anterior.

Rafi fue sentenciado y enviado a prisión.

Pasado un tiempo, un reportero extranjero y un abogado llegaron visitarlo a la cárcel.

—Todo sucedió casi de repente. Cuando bajé las escaleras de prisa, intenté consolarla, apreté sus manos, y le dije que todo iba a estar bien, pero su respiración se hacía cada vez más lenta. Algunos piensan que la señora Karina salió ese día a la playa, como los miles de turistas que visitan Boca Chica, para disfrutar de un día de sol y arena.

El prisionero R000436 no contó toda su historia. No estaba listo. El abogado y el reportero, atentos al desarrollo de la historia, tomaban notas. Una pausa y por un largo rato, nadie dijo nada, hasta que casi un en susurro, el periodista preguntó:

—¿Alguien preguntó qué hacía la víctima en la playa, si no era una persona playera, especialmente ese día que estaba lloviendo? ¿En qué posición estaba su cuerpo cuando llegó la policía?

—No. No recuerdo que alguno haya preguntado—dijo el prisionero.

—¿Mató usted a la señora Kari?—le preguntó Charles. Es una pregunta que hacen los reporteros, no los abogados. En lugar de contestar, Rafi empezó a divagar entre sus pensamientos.

—Yo he estado enterrado en un lugar donde los hombres pierden toda sensibilidad. Soy un muerto, y he anhelado caminar de nuevo por la playa más que a la vida misma, sentir mis pies hundirse en la suave y blanca arena. En los días de fuertes aguaceros, cuando veo y escucho la lluvia, escapo por entre los barrotes de mi celda, y me imagino deslizándome con las olas cuando se desplazan en la playa. Esta prisión está a menos de dos horas de la playa—dijo Rafi mientras el abogado y el reportero escuchaban atentamente.

El sonido del silbato indicó que la hora de visita había terminado.

—Yo no empujé a la señora Karina—dijo el prisionero, mientras el abogado y el reportero se alejaban.

Al comienzo de su segundo año de condena, después de haber estado en varias de las prisiones más terribles del país, vino una tarde a visitarlo un sacerdote y trató de alentarlo diciéndole que no perdiera las esperanzas, el era joven y aún tenía la oportunidad de rehacer su vida, conseguir a una esposa joven, y si era la voluntad de Dios, tener niños. El cura le leyó la historia de José, quien fue encarcelado por incitación de la esposa de su patrón.

—Al final, el cielo le hizo justicia a José, y el muchacho llegó a ser la mano derecha del rey. A veces, Dios torna las vicisitudes de sus hijos y las torna en bendiciones.

—¿A veces, y sólo a los hijos?—le preguntó Rafi al sacerdote, dudando que Dios le iba a extender la misma cortesía que a José.

Después de rezar juntos, el sacerdote le tocó las manos, y se marchó. Al final de ese mismo año, después de una segunda autopsia, se determinó que había suficientes dudas con respecto a la causa de muerte de la señora Karina Rohena, de modo que la defensa consiguió, finalmente, la oportunidad que buscaba para pedir una conmutación de la pena.

Rafi no sabía que el reportero que lo había visitado, François Konin, era el esposo de Ana Konin, hermana de Karina, y que el abogado que lo acompañó, Charles, era amigo íntimo de François. Después de haber estudiado los reportajes y archivos concernientes al caso, a ambos les llamó la atención el hecho de que el prisionero (un reportero se refirió a lo acontecido en Boca Chica como el caso del *Lambicero y la Señora Karina*) mantuvo su reclamo de inocencia.

—Si Rafi no la empujó, entonces ¿quién?—le preguntó Charles a François.

—¿De qué hablas?—preguntó François.

—¿Qué fue lo último que dijo Rafi cuando lo visitamos en la prisión?—preguntó Charles.

—Yo no la empujé—recordó François.

—Si él no lo hizo, ¿quién?—preguntó Charles.

—¡El buen doctor!—afirmó François.

Debido en gran parte a los esfuerzos del abogado y del reportero por esclarecer la verdad, el prisionero R000436 tuvo la oportunidad de comparecer ante la Corte Suprema de Justicia, la cual finalmente falló a favor de la defensa, debido a las inconsistencias técnicas en el caso original y en el de apelación.

Finalmente, Rafi fue puesto en libertad.

De la prisión llegó a Villa Mella. Abordó el Metro en la primera estación, llegó a la avenida 27 de Febrero, y de ahí, a la calle 17. Cuando llegó a la casa de su madre que para entonces vivía en la Cañada, la halló enferma y en cama.

Al día siguiente, mientras tomaba café en la sala, le sorprendió ver a una mujer bien vestida parada frente a la puerta de la casa. Muy pocas personas, especialmente extranjeros bien vestidos, se aventuraban a bajar a la Cañada, uno de los lugares más bajos de los barrios altos.

Era Ana Konin, hermana de Karina. Todo el tiempo que estuvieron conversando, no dejó de sorprenderle cómo habían cambiado las circunstancias, y tan rápido, de la noche a la mañana, aquí estaba frente a una de las personas que menos esperaba ver.

—Mi hermana me contó de la aventura romántica que estaba teniendo con uno de los locales, un hombre mucho menor que ella. Karina era muy infeliz. Yo era su única confidente, y juré guardarle el secreto—le dijo Ana.

—Antes no estaba tan seguro como ahora, que la tarde llegué a entregar el dinero de la renta de las casas de Juan Dolio, el Doctor Rohena estaba en la casa. Desde la entrada escuché un ruido que venía del segundo piso. Al entrar al dormitorio, la señora Kari estaba sentada a la orilla de la ventana, no podía sostener la cabeza firme. Me pareció que se iba a caer de frente, y cuando corrí para sostenerla, su cuerpo se deslizó por la ventana— dijo Rafi, contándole a Ana la parte de la historia que no mencionó ni al periodista, ni al abogado.

Ana se despidió de Rafi, y regresó a su casa en París.

Pasado algún tiempo, la madre de Rafi se recuperó y él decidió entonces regresar a Boca Chica. Se mudó a la Pensión San Juan. Comía regularmente en el restaurante Buxeda, propiedad de Chito su padrino de bautismo. Una mañana, cuando llegó a desayunar, se encontró con las puertas del restaurante cerradas y enlutadas con una laza negra. La hija de Chito le comunicó que su padre había fallecido.

Ese mismo día, Rafi visitó a Adela en su casa. La octogenaria lo reconoció de inmediato. A la par de un armario viejo en la sala, había una foto del día del bautismo. La fotografía fue tomada en la playa, después de la misa, y era la única memoria física de un tiempo feliz. Además de los padrinos,

Adela y Chito, en la fotografía también aparecen algunos amigos de los padres de Rafi. Su madre sonreía, mientras el niño apretaba la mano derecha de su padre. Fue un buen día. Su madre le contó que a los pocos días después del bautismo, el padre de Rafi lo dejó a él y a su hermana Dolores al cuidado de su madre, con la excusa de buscar un trabajo, pero se fue para nunca regresar. Al poco tiempo, se mudaron al 27 de Febrero, donde Antonia conoció a Juan, alias el Negro.

A pesar de las pocas oportunidades que ofrecía Boca Chica, Rafi no perdió las esperanzas de hallar un empleo en la creciente industria del turismo. La vida rutinaria continuaba, Rafi la observaba, la analizaba. Una tarde, tomándose una cerveza cerca de la pensión San Juan, vio a un muchacho acercársele a una pareja de turistas. La pareja le compró unas porciones de mariscos. El lambicero trataba de embelesarlos con su plática para vender más, les contaba su historia: Había conocido a una chica de la capital que llegó a la playa un día con sus padres, ambos se enamoraron a primera vista y felizmente dentro de dos semanas iban a casarse, por lo que estaba trabajando sin parar. Rafi sabía que el muchacho estaba mintiendo. Todos los lambiceros son embusteros.

El sol caía lentamente sobre el Mar Caribe y Rafi continuó caminando hasta el centro de la pequeña ciudad playera. Los faroles iluminaban pobremente las calles. Se sentó en uno de los bancos del parque. La vida nocturna en las calles estaba empezando: las ruidosas motocicletas pasaban a toda prisa, las muchachas vistiendo minifaldas caminaban de dos en dos por las aceras, los haitianos exhibían sus pinturas de colores fuertes colgadas de las verjas oxidadas alrededor de los terrenos baldíos.

La iglesia San Rafael Arcángel, sentada como una dama vestida de blanco en el centro de la ciudad, le recordó que aquí había nacido y que aquí iba a morir.

Las paredes de block sin empañetes, ennegrecidas por la humedad, estaban llenas de hojas sueltas, unas anunciando al próximo candidato para presidente, otras a la esposa del Presidente, Angelita, postulándose para la vicepresidencia. Un anuncio en particular le llamó la atención: "Pronto Llega San

Zenón a Boca Chica." Le llamó la atención el anuncio porque le recordó la historia que tantas veces le contó su abuelo, de cuando un terrible ciclón del mismo nombre devastó la capital en el año 1930.

Un lunes por la mañana, Rafi empacó las dos o tres chucherías que constituían sus posesiones materiales, y se fue a la capital para visitar a su madre que estaba grave de nuevo. Algunos días después, Antonia murió. Rafi regresó a Boca Chica. Era de noche. Logró acomodarse en el mismo cuarto de la pensión San Juan.

Para entonces, el Doctor Rohena estaba viviendo en La Victoria. Él mismo pidió que lo metieran en la celda de más adentro, a donde no penetra ni siquiera la luz del sol.

Una madrugada, un temblor de tierra despertó a los habitantes de Boca Chica. Al salir el sol, el San Jorge y el San Felipe yacían en ruinas; las paredes de alrededor de la pensión San Juan estaban cubiertas de hojas sueltas anunciando la llegada de San Zenón.

Cuando Rafi vio las máquinas que hicieron temblar el suelo, entendió que San Zenón era el gigantesco hotel que una compañía hotelera alemana había empezado a construir en la playa. Entre los anuncios y propagandas, había una hoja suelta que una agencia de conservación natural había publicado. Según la agencia, el impacto ambiental causado por el mal llamado progreso sería desastroso: la especie de concha que los locales llaman lambí, desaparecería. El rompeolas natural, los arrecifes y los manglares de los alrededores serían destruidos. San Zenón alteraría el ecosistema alrededor de Boca Chica de tal modo que el terruño conocido como la Matica llegaría a ser una isla hundida.

CAPITULO XIV

LA VIRGEN DEL HACHO

Ángel Santos, alias Papi, no tuvo la suerte de haber sido deportado al paraíso. Murió de un disparo en la cabeza en el vestíbulo de un edificio de apartamentos en el Bronx.

Un día, junto a dos amigos, Papi asaltó a tres miembros de un grupo de narcotraficantes que transitaban en un auto en el Sur del Bronx, cerca de la avenida Willis. Seis meses después, cuando salía de un edificio de la calle 163 y el Grand Concourse, cerca del Yankee Stadium, junto a sus dos amigos, fue emboscado por cuatro hombres en el vestíbulo.

—¿Te acuerdas de mí?—le preguntó uno.

Papi no reconoció al que había dejado por muerto seis meses antes. Ni siquiera pensó que era a él a quien le estaban dirigiendo la pregunta, hasta que un disparo a quemarropa lo desplomó al suelo.

—Esta pelea no tiene nada que ver con ustedes. Se pueden ir—les dijo a los otros.

La policía no identificó a los perpetradores del asesinato. Una semana después, en un pequeño parque de Los Sures de Brooklyn, un ciclista se topó con el cuerpo de un hombre joven. Tres días más tarde, apareció otro joven muerto, en el parque Irving Square.

La policía determinó que los asesinatos estaban relacionados, y que el común denominador era el tráfico de narcóticos. Aparentemente, una banda de vecinos estaba *limpiando* los parques, y reclamando las áreas verdes alrededor de la ciudad.

Por su parte, José Marte se fue a vivir a su casa en la playa de Juan Dolio, y desde allí, se mantuvo en constante comunicación con Moisés Velasco en Cleveland, y con Temístocles en Nueva York.

José Marte conoció al congresista americano Charles Rooney, representante del Distrito 13 de Nueva York una noche de fiesta en Juan Dolio. Al día siguiente, José Marte, Temístocles, y otros amigos del presidente y de Angelita, se juntaron en la villa del congresista. En la conversación, surgió la pregunta de José Marte dirigida al congresista: ¿podía él ayudar a un amigo a salir de Estados Unidos?

—Conozco a unas personas importantes en el Departamento de Estado que me deben favores—contestó el congresista, y enseguida compartió con los visitantes algunas estadísticas de su distrito.

En los últimos años, rusos, uzbequistanos, ucranianos y kazajstanos han llegado a Fort Washington Heights en números crecientes; muchos buscan oportunidades económicas, trabajando como taxistas y porteros. Algunos traen con ellos su propia semilla criminal, mafiosa.

La edad de los que frecuentan los night clubs en el Alto Manhattan se ha reducido considerablemente. El Paladium, el Estudio 54, el *Fuego Fuego*, el Latín Quarter, incluso Casa Borinquen, cerraron sus operaciones hace años. En las calles de Bushwick, el número de *yuppies* trotando o paseando sus perros los domingos por la mañana es una ocurrencia común.

Hoy, la edad promedio de los usuarios de cocaína es de cincuenta años. Miles siguen muriendo de complicaciones relacionadas al síndrome del SIDA.

Actualmente, el precio de la cocaína que se distribuye en las calles de Nueva York ha disminuido considerablemente, y su calidad está muy por debajo de la calidad comparada a la de diez años atrás.

La fiesta en la villa de Juan Dolio del congresista americano concluyó con brindis de mamajuana de mariscos.

En Nueva York, el FBI seguía haciéndole sombra. El taxi le servía de despiste. Pensó que era otra manera de agachar la cabeza. Si después de dar varias vueltas, el mismo auto seguía en su espejo retrovisor, disminuía la velocidad, y se orillaba. Si no lo veía dar la vuelta alrededor de la cuadra, reiniciaba la marcha.

Muy pocas veces visitó el Alto Manhattan, a menos que no fuera para dejar a un pasajero. Una tarde, un pasajero que llegó al aeropuerto La Guardia le pidió que lo llevara a la calle 116 y la avenida Broadway. Cuando llegó a su destino, el pasajero procedió a pagar la tarifa; la mirada de ambos se cruzó en el espejo retrovisor. Resultó que el pasajero era un distribuidor que le debía alrededor de medio millón de dólares, un tipo de confianza, al que una vez, Juan el Negro lo había presentado como su primo.

Asustado, y pensando que se trataba de una emboscada, el hombre se acomodó en el asiento de atrás del taxi, dándole instrucciones a Carlos que manejara alrededor de la esquina. Se detuvieron frente a un restaurante a dos cuadras del edificio. Después de conversar un rato, regresaron frente al edificio, el hombre lo invitó a subir al apartamento. Carlos rehusó. El hombre insistió que lo esperara un momento.

—Tengo la mitad del dinero. No sabía que aún estaban operando en la ciudad. Hace tiempo que no te veía. El mes que viene estaré listo para darte el resto. ¿Por qué no vienes conmigo a Colombia? Hice la conexión perfecta, seremos socios. ¿Qué dices?—le propuso el primo del Negro.

Carlos le dijo que se comunicaría con él. Cuando arrancó pensó que la suerte no lo había abandonado del todo, aunque sudó frio. El primo del Negro fue el último pasajero de la noche. Estaba lloviendo, era principio de la temporada de invierno. Cuando llegó a casa, subió al segundo piso, cargando consigo dos bolsas llenas de dinero. Encontró a su madre rezando en la sala, la besó y le dio las gracias por ser una buena madre. No le dijo nada más. Armando y Tomasa habían salido a cenar a un restaurante.

Cuando Carlos entró a su apartamento en el primer piso, Ciara acababa de apagar la estufa. El olor a té llenaba el aire cálido, la condensación descendía en forma de surcos por las ventanas empañadas de humedad. Vaciló un momento, pero decidió no contarle a su esposa lo de su encuentro con el primo del Negro. ¿Se trataba de una treta? ¿Era en verdad primo del Negro? ¿Era miembro de algún cartel? Era tiempo de empacar y salir de Nueva York. ¿A dónde irían? Era la una de la madrugada cuando se metieron debajo de las sábanas, y Carlos le dijo a Ciara finalmente:

—Venderemos la casa, y nos iremos a una ciudad portuaria. Siempre quise vivir en una ciudad portuaria y cálida.

—¿A dónde iremos?—le preguntó Ciara.

—Antes de decidir, tengo que asegurarme que ya puedo establecer residencia en otro estado—respondió Carlos.

Además de asegurarse que podían establecer residencia fuera de Nueva York, ese 21 de febrero, Carlos y Ciara tenían que sobrevivir la noche más larga y fría de invierno en la Ciudad Perdida.

—¿A dónde quieres ir?—le preguntó el oficial de libertad condicional.

—A donde el cielo se une con el mar—respondió Carlos, imaginándose viviendo en Monte Cristi, aunque nunca había visitado el lugar.

Cuando salió, alrededor del medio día, inadvertidamente, Carlos cruzó un semáforo con la luz roja. Desde la acera opuesta, un policía le ordenó detenerse.

Carlos fue arrestado, y mientras sus huellas digitales eran verificadas con el registro del FBI, fue conducido a las Tumbas, la prisión más antigua de la ciudad. Su identidad se confundió con la de un sospechoso buscado por la policía, y le dijeron que debía permanecer en la vieja prisión hasta que compareciera ante un juez el lunes al medio día.

Esta vez, convencido que su suerte había tocado fondo, sin otra alternativa, Carlos a llamó al cónsul. Al tercer día, a la misma hora que salía de las Tumbas, José Marte fue certificado por la Junta Central Electoral, como el ganador de las elecciones presidenciales de la República.

Ese mismo día, por diligencias del congresista americano, un juez le concedió permiso a Carlos para viajar fuera del Estado de Nueva York. Finalmente, libre para viajar fuera del país, Carlos vendió el edificio en la calle Green y le regaló el dinero a su hermano, dejándolo como responsable del cuidado de su madre. Armando compró una casa en Lynn, se casó Tomasa, la hija de la maipiola, y juntos fundaron una iglesia evangélica.

Carlos y Ciara llegaron a la Isla una semana antes de la ceremonia de juramentación del nuevo presidente. En el camino del aeropuerto a la casa de playa de José Marte en Juan Dolio, un asistente de Alberto le entregó una nota a Carlos, en la que se le ofrecía el cargo de Secretario de Estado de Bienes Nacionales.

El día de los nombramientos en el Palacio Presidencial, al lado de Alberto, estaban sentados el nuevo presidente, José Marte, la vicepresidenta, Angelita, y Carlos, entre otros. Los aduladores, uno tras otro, alabaron profusamente al presidente, aunque ya Alberto no era el Señor Presidente. El representante que Temístocles había enviado de Nueva York en lugar suyo, pidió que excusaran al cónsul porque estaba atendiendo asuntos diplomáticos en la ciudad de Cleveland.

EL arzobispado de la capital elevó una plegaria, pidiendo la bendición de Dios sobre los componentes del nuevo gabinete presidencial. Seguido, se leyeron en solemne memoria, los nombres de los que murieron en La Vega: el Teniente Coronel Ismael Genao, el Capitán Jesús Arcilla, la Coronela Regina Arache, el Comandante Sabino Genao, y el General Pupo Contreras, entre otros.

Ciara, no acostumbrada a desfiles, discursos políticos y ceremonias, pidió que la condujeran al Cementerio de la Independencia. Cundo llegaron, dos empleados, sujetando una cadena y un candado, esperaban para cerrar el portón del cementerio. En corto tiempo los visitantes se despedirían de sus seres queridos. Ciara bajó del auto. Uno de los empleados la dirigió hasta la tumba de Genoveva y Canela. Un joven estaba sentado frente al mausoleo.

—¿Las conoció?—le preguntó Eugenio cuando Ciara se acercó.

—Eran mis primas—le contestó Ciara, sin prestarle atención al joven, pensando que era un visitante.

—¿Y usted...?

Eugenio no terminó la oración cuando la sirena del Cuerpo de Bomberos frente a la Puerta del Conde de Peñalba empezó a sonar, ahogando sus palabras. Eran las seis de la tarde, la hora cuando los muertos descansan del fastidio de la vida.

Después de unos momentos, el chofer condujo a Ciara de regreso al Palacio Presidencial.

Cuando Eugenio y los dos empleados del cementerio cruzaron frente a la Puerta del Conde, la única luz que se veía era la que salía del centro del Altar de la Patria.

Justo cuando Eugenio se bajó del bus que lo dejó a una cuadra del apartamento donde vivía, en la calle Yolanda Guzmán, el sector se quedó sin energía eléctrica. Cuando entró al vestíbulo del edificio, el guardia de turno escuchaba un radio pequeño de baterías. Eugenio llegó justo cuando un vocero de la Corporación de Electricidad pedía disculpas a los residentes de los sectores afectados por los apagones. En seguida, el locutor anunció que las ceremonias en el Palacio Presidencial estaban por concluir. El último orador, un alto miembro de alto rango del partido, se dirigió a la audiencia.

"Cubierta por la Democracia, ese manto delicado del que están revestidos los pueblos libres, la República ofrece seguridad, paz y progreso a todos sus ciudadanos. Sus playas, sus resorts, sus siete aeropuertos internacionales, el Metro y las estaciones de Internet distribuidas través del país, el progreso económico, son sólo algunos de los logros obtenidos en la última década. Hoy, los ciudadanos y los servidores púbicos, desde los alcaldes de las pequeñas municipalidades, hasta los gobernadores de las grandes ciudades, vienen a pagar tributo al Señor Presidente, el hombre que ha hecho posible que lleguen al mercado de la Feria productos y ganado, que si aquí no se ven, es porque no existen en todo el Territorio Nacional."

Cuando Eugenio entró a su apartamento, encendió las velas que estaban colocadas en los diferentes ambientes. Las velas, como los humanos, son útiles mientras alumbran; cuando se derriten, son reemplazados por otros. La noche estaba en calma. La interrupción del sistema eléctrico acalló temporalmente el ruido del barrio.

Eugenio salió al balcón que mira al Sur, en dirección del mar, y ahí estaba ella llenándolo todo con la luz resplandeciente de su traje gris azulado. La voz del locutor en la radio penetró por debajo de la puerta:

—Estas ceremonias han llegado a su fin.

En la distancia, unos perros empezaron su ritual nocturno. El joven capitán se acordó de una antigua leyenda: cada cuatro años, la Virgen recorre la Isla buscando un ciudadano de buena voluntad, que esté dispuesto a gobernar con justicia. Si al cabo de tres meses no lo encuentra, les concede a los perros la habilidad de hablar con voz humana, y luego regresa a su lugar. Pero ellos, en lugar de comunicarles el mensaje del Cielo a los humanos, se pasan el resto de los cuatro años hablándole grandilocuencias al reflejo de la luna sobre el agua.

Fin.